O! tyn y gorchudd

Hunangofiant Rebecca Jones

Angharad Price

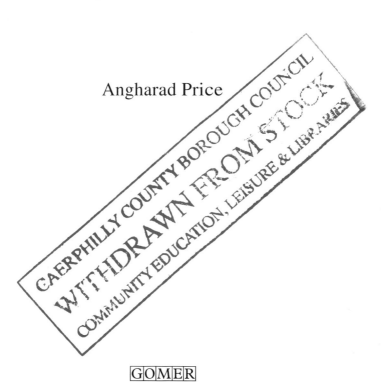

GOMER

ar ran Llys yr Eisteddfod Genedlaethol

Argraffiad cyntaf – 2002
Ail argraffiad – 2002

ISBN 1 84323 168 9

Dymuna'r cyhoeddwyr gydnabod cymorth Cyngor Llyfrau Cymru.

Cyfrol fuddugol cystadleuaeth Y Fedal Ryddiaeth,
Eisteddfod Genedlaethol Cymru, 2002.

Argraffwyd yng Nghymru gan
Wasg Gomer, Llandysul, Ceredigion

Cyflwynir y gyfrol hon i
Lewis Jones,
ac er cof am
Olwen Jones (1917-1999).

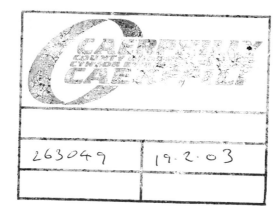

Diolch o galon i holl aelodau teulu Tynybraich,
ac i Dafydd Wyn Jones, Blaen Plwyf, Mallwyd,
am eu cydweithrediad parod.

*Lle y gwelir byrdra a diffyg yn y myfyrdodau hyn
geill y darllenydd ystyriaethol helaethu arnynt yn
ôl ei feddwl ei hun.*

Hugh Jones (Maesglasau),
Cydymaith yr Hwsmon (1774)

1

I'r hyn yr atebodd, fod llyfr ym mha un y byddai ef arferol a darllen yn wastadol yn cynnwys ynddo dair dalen; Nefoedd, Daear, a dwfr: a'r creaduriaid ynddynt megis llythrennau, yn nodi pethau anweledig.

Pwy a greodd dawelwch? Pwy a luniodd yr hyn nas clywir, nas gwelir, nas cyffyrddir; nas blasir, nas arogleuir?

Rhyw dynnu-ymaith o greu ydoedd. Perffeithio diffyg.

Mae tawelwch ynghlwm wrth le, ac eto'n fyd-eang. Mae ynghlwm wrth ennyd awr, ac eto'n oesol. Cynhwysa'r neilltuol a'r cyffredinol. Cydia'r mewnol wrth yr allanol.

Ceidwad y cyferbyniol oedd creawdwr tawelwch.

O eiliad ein cenhedlu hyd eiliad ein marw mae tawelwch ym mhob un ohonom, ac o'n cwmpas. Ond nid hawdd yw ei deimlo yng nghanol byddariad byw. Cilia rhag cythru'r synhwyrau a chyffroadau'r corff: banllefau ein genedigaeth; rhuthr y goleuni i'n llygaid; maldod anwyliaid; halltineb dagrau; melyster cusanau; drewdod ein pridd-dod a'n pydredd; rhoch cas angau . . .

Diffygio'r synhwyrau sy'n peri inni chwilio tawelwch eto. Diffygiant yn sgil eu gorweithio. Diffygiant wrth inni fynd yn hŷn. A daw'r ymchwil am dawelwch yn fwy angerddol, os nad yn rhwyddach.

Bûm innau'n chwilio tawelwch am lawer o'm hoes. Fe'i canfûm droeon. Teimlais y tryloywedd rhyngof a'r byd. Dim ond i'w golli eto. Ond hyderaf fy mod yn nesáu o hyd at dawelwch mwy parhaol ac y dof iddo cyn marw. Erbyn hyn mae fy ngolwg yn pylu a'm clyw yn pallu. Beth arall sydd i'w ddisgwyl yn fy oedran i? Ond nid oes dallineb na byddardod all berffeithio'r tawelwch sydd ar ddod i'r cwm hwn.

Codais deml i dawelwch ymhlith adfeilion cwm Maesglasau, y cwm lle mae ffin rhwng carreg feddal a charreg galed. Fe'i delweddais yn nant y cwm: yn siffrwd ei llifo heibio, ac yn ei diflaniad ar yr ystum dan y cae mawr.

Pwy fuasai'n meddwl mai ffrwydrad mynyddoedd tân a roes fod i'r cwm hwn? A'r llechweddau moel, y creigiau geirwon a'r porfeydd anwastad wedi'u gwisgo at yr asgwrn gan gafnu a sgrafellu llif yr iâ mawr?

Wedi holl drybestod ei greu, lle distaw yw'r cwm heddiw. Yn hynny o beth y mae'n llestr parod i dawelwch. 'Cwm bychan "ymhell o firi pobl" chwedl yr hen air, yw Cwm Maesglasau . . .' meddai J. Breese Davies yn ei ysgrif am y cwm. 'Pair y tawelwch i ddyn feddwl ei fod wedi gadael y byd cyffredin ymhell, bell yn ôl, ac nid yw'n rhyfedd bod yma feudwyaid crefyddol gynt.'

Bûm innau'n byw yn nistawrwydd y cwm trwy gydol

8

fy oes: yr hanner cyntaf yn y porth, a'r hanner olaf yn y blaen. Yr hanner cyntaf gyda'm teulu, a'r hanner olaf ar wahân iddo. Cwm Maesglasau yw fy myd. Ei ffiniau yw ffiniau fy mod. Poen dirdynnol fydd gorfod mynd a'i adael. Ond gwn hyn: pan gaf farw, a gwasgaru fy nghorff hyd dir Maesglasau, byddaf wedi rhoi fy mywyd i gyfannu eto dawelwch y cwm hwn.

Rhyw greu o ddifodiant a fydd.

Tarddu mae'r nant ar ben craig Maesglasau. O ddyfrhaen y graig, cyfyd i fedyddio wyneb y tir mawn. Llifa'n dawel a bwriadus at ymyl y graig cyn dymchwel yn bistyll ewynnog, grymus, gannoedd o droedfeddi islaw. Tyr y llif yn gandryll ar greigiau'r ceunant, cyn i'r nant gyrchu ar ei chwrs anorfod tua gwastadedd llawr y cwm, dros gerrig llonydd llif y sgri, dros greigiau bollt a mariannau, hyd-ddynt, trwyddynt, heibio iddynt ac oddi tanynt yn foddfa o fedyddio.

Cryma'r rhedyn hyd y glannau tuag ati. O'i ffau yn y coed sylla'r llwynog yn wenus arni. Saif y dderwen wrthi, a gwyra'r griafolen drosti. Ffy'r ddraenen wen rhagddi. Mae'r brwyn am ei goglais hi.

Lleolwyd y tai i wneud defnydd ohoni.

Ond nid oes atal ar y nant. Mae'n ufuddhau i rymoedd y ddaear, a diddiwedd yw ei dawns arian, ddychlamog. Anodd gwahanu'r ddawnswraig a'r ddawns, meddai'r bardd unwaith. Anodd, yn yr un modd, gwahanu'r nant a llif y dŵr. Ac anodd gwahanu llif y dŵr a'r dŵr ei hun.

Â heibio i adfeilion Tyddyn Isaf, a heibio i hen dŷ Maesglasau Bach lle'r wyf innau'n byw. Yma y byddai'r dynion yn codi argae i greu pwll trochi ar gyfer diadellau'r gwanwyn. Llifa'r nant heddiw yn ddidramgwydd trwy'r bwlch yn y clawdd, dan y llidiart, heibio i furddun Maesglasau lle mae'r gwenoliaid yn nythu a'r defaid yn cysgodi rhag glaw a haul. Ni lifa'r nant at Lidiart y Dŵr ac adfeilion Tyddyn Berth. Try ymaith, yn hytrach, wrth bumed murddun y cwm, a dolennu at y cae mawr.

A dyna gyrraedd llawr y dyffryn dan gysgod Bwlch y Siglen, lle bu'r nant yn cyflenwi unwaith ofynion hen chwarel blwm, neu chwarel nod glas, a'i 'phwll diwaelod'. Arafa yn awr yn ei chwys gwastad a rhodianna fymryn lle bydd y plant yn mynd i drochi traed adeg hel gwair, a'r gweithwyr i olchi dwylo. Yma y mae hi ar ei mwyaf dioglyd, yn faslyn llonydd, yn goddef i'r gwartheg dorri syched ynddi, ac i'r plant godi rhyd o lechi drosti. Tywynna'n loyw yn haul mis Awst, yn werddon yn yr adladd.

Cyflyma eto wrth i'r dyffryn gulhau rhwng tir Tynybraich a thir Ffridd Gulcwm. Fan hyn, o dan y dorlan, y gedy i ddwylo'r pysgotwyr ddod i gosi'r brithyll a'i gipio o ddŵr bywiol i aer angheuol. Llifa dan gysgod Foel Dinas heibio i'r caeau oll. Llifa trwy'r tyrbein dŵr sy'n rhoi trydan i deulu Tynybraich ers hanner canrif. Llifa dan y bont tuag at hen fyngalo fy mam a William. Ac yno, mewn priodas ddiamod, ddiddiwedd, cydlifa â nant Cwm yr Eglwys.

Nid yr un yw hi wedyn. Cyll ei henw wrth lifo allan o gwm Maesglasau gan ymgolli eto, ar waelodion Bwlch yr Oerddrws, yng ngyrfa rymusach afonydd Cerist a Dyfi.

Nid oes diben dal dig wrthi. Ni all y nant, mwy na neb arall, ddiarddel grym disgyrchiant. Mae pob uchelfan, wedi'r cyfan, yn cynnwys cwymp.

Petai Taliesin wedi bod yn nant, hon fyddai hi. Arian byw o beth ydyw. Trawsffurfia'i hun ganwaith ar ei thaith trwy'r cwm. Hyn yw gofyn y tir arni. Ond mae iddi hefyd ei hwyliau, fel pawb arall. Ni welais nant erioed mor ymatebol i dymor a hin.

Na, nid ar sail ei dŵr yn unig y mae hon yn hawdd gweld trwyddi. Yn haul cyntaf mis Mawrth bydd yn llances, yn fyrbwyll a heriol yn nhawdd y Gwanwyn, yn ddidrugaredd ar ei gwely. Yng nghynhesrwydd mis Mehefin teimlo'n llai na hi ei hun y mae, yn sibrwd geiriau bach yn ddagreuol, yn llyfu ymylon dolennau. Yn nrycinoedd mis Hydref hen stormes wridog ydyw, yn hidio dim am orlifo'i glannau ei hun. Hen beth ddigroeso yw hi fis Rhagfyr, ei phistyll wedi fferru dan locsyn llwyd, yn ildio i ddim ond i gaib iâ llanc o anturwr. Ac yn ei dwyllo. Ennyd o doddi, a dyna'r dringwr yn disgyn i ddifancoll. Dyfodiad brys y timau achub, dim ond i ganfod corff ifanc wedi'i ddarnio yn y

11

ceunant. A ninnau, a fflachiadau'r ambiwlans yn ein glasu a'n cochi bob yn ail, yn clywed nant mis Rhagfyr yn chwerthin yn oer i fyny'i llawes.

Ond dywedaf eto: nid oes diben monni wrthi. Nid yr un byth yw nant cwm Maesglasau. Er hynny, a minnau wedi cyd-fyw â hi ar hyd fy oes, fe'i hadwaenaf yn well na'r gwaed yn fy ngwythiennau fy hun. Pan dderfydd llif y nant, bydd yn ddarfod amdanaf innau.

Hwyrach mai'r sicrwydd hwn sy'n peri'r tawelwch.

Bu amser pan ddyrchafwn fy ngolygon y tu hwnt i'r nant a'r cwm tlws a ddyfrheir ganddi. Y tu hwnt i'r cloddiau a'u briallu, blodyn menyn, llygad Ebrill, botwm crys, y goesgoch, cnau daear, dail y geiniog, llin y llyffant, clych yr eos, milddail, bysedd y cŵn, blodau taranau, pys llygod a phengaled. Y tu hwnt i flodau mân y ddraenen wen a'r ddraenen ddu a phetalau'r rhosyn gwyllt. Y tu hwnt i nyth y wennol yn nhrawstiau hen yr hen dŷ. Y tu hwnt i aeron coch y griafolen ac aeron du'r ysgawen. Y tu hwnt i'r cnau a'r mes a changau uchaf y coed.

Hwn oedd yr amser pan ddyrchafwn fy ngolygon at y tir anghyfannedd uwchben craig Maesglasau.

Gweld y tir uchel â llygad dychymyg yr wyf bellach, er nad yw hynny'n mennu ar ei fawredd. Mae chwarter canrif ers i mi ddringo i'w weld. Rhaid bodloni yn awr ar fod yn y cwm. Ond cyn dyfodiad llesgedd henaint, dringais i ben craig Maesglasau droeon – weithiau i weld, ond gan amlaf i weithio. Mil o droedfeddi o glogwyn silwraidd unionsyth.

Wrth ei waith y dringai fy mrawd, Bob, gyda mi, a gollwng ei hun ar raff ar y goriwaered, sawl tro, i achub dafad oedd ar gyfeiliorn ar sil y graig. Dringem at y ffriddoedd i gyfrif yr ŵyn, a gwarchod y gweiniaid rhag genau'r llwynog, a rhag pigau'r brain a fu'n glafoeri wrth yr esgor. Aem gydol y gaeaf i chwilio am y preiddiau yn lluwchiau'r eira, a chyflawni'r gwaith torcalonnus o brocio pob lluwch â phastwn hir. Torri calon o ganfod y cyrff gwlanog wedi rhewi; a phan ddeuai lluwch hwyr, canfod yr ŵyn wedi mygu dan y mamogiaid.

Gan fod y gauaf yn dymmor tymmhestlog, pan fo'r hin yn galed, i beri llymdra ar y ddaear, ac amryw golledion trymion, yn enwedig am ddefaid, pan na allant ymborthi ar wellt y ddaear, gan yr eira yn ei gorchguddio hi; a hwytheu hefyd eu hunain yn y man, yn cael eu claddu tan y lluwch.

Wedi oerni'r gaeaf byddai angen dringo'r mynydd i hel y defaid i lawr at dir isel y fferm i'w tocio, eu golchi, eu cneifio, eu marcio â phyg. Cychwynnem yn oriau mân y bore, a'r diwrnod newydd yn troi'n las, yn binc, yn felyn, yn wyn, fel petai clais y nos yn gwella.

Yr un bob tro oedd gwefr bod ar y topiau. Cael codi o lesni amrywiol y cwm at y fawnog dywyll, ac at dalpiau o hen, hen goedwigoedd derw. Ymestyn y gweundir ar y naill law at Fforest Ddyfi ac at dopiau Aberangell a Mallwyd, ac ar y llall at y Gribin Fawr a'r Gribin Fach a thua dyffryn Llyn Mwyngil. Carthen goch anwastad o unigeddau mynyddig, clychau'r grug a'r llwyni llus ar daen hyd-ddi, a phlu'r gweunydd fel plu gŵydd yn ymwthio o'r garthen bob hyn a hyn.

Ac yno, ar ben Craig Rhiw Erch, aros i gael fy ngwynt ataf, gan ryfeddu bob tro at fawredd bod wyneb yn wyneb â chopaon: Waun Oer, Foel y Ffridd, Foel Bendin, y Glasgwm, Mynydd Ceiswyn, Mynydd Gwerngraig a Chadair Idris . . .

Ond ni fentrais erioed i ben y Gadair, er cymaint fy chwant bod yn fardd.

Hyd sarnau'r tiroedd uchel hyn yr ymlwybrai pawb cyn dyfodiad ffyrdd adeiledig y dyffrynnoedd. Y sarnau uchel oedd asgwrn cefn y wlad. Haws oedd mynd hyd-ddynt nag esgyn a disgyn holl bantiau a llechweddau canolbarth Cymru; diogelach oeddent na ffosydd ystrywiol y gwaelodion. 'Pobl yr uchelfeydd oedd ein hynafiaid,' meddai'r hanesydd R. T. Jenkins, 'pobl yn byw "ar y topiau" . . . A gellir dywedyd am yr hen Gymro mai "o'r naill drum i'r llall" y byddai ef yn cerdded.'

Clywais ddweud mai ar hyd y tramwyfeydd hyn yr âi mynachod yr oesoedd canol ar eu taith rhwng abaty Ystrad Fflur ac abaty Cymer. Ac mai'r brodyr cardotol a roes eu henw i Gwm Glan Mynach a Chae'r Abaty sydd uwchben Bwlch y Siglen. A pha eglwys, tybed, a roes ei henw ar Gwm yr Eglwys? Mae hen draddodiad yn y cwm, yn groes i dyb yr ysgolheigion, mai llety

14

mynachaidd oedd y 'clas' ym Maesglasau a'i olion ym murddun Maesglasau Mawr. Y stori hon, yn ddiau, a ysbrydolodd ryw hen rigymwr o oes Fictoria i gyfansoddi hyn ar ddalen wag hen lyfr:

Yn ardal Dinas Mawddwy y mae'r mynachdy hwn;
Fan hyn bu llawer mynach yn cwyno dan ei bwn.

Rhyw lecyn pell anghysbell, lle hoff i'r bobl hyn;
Mae'n hynod o ramantus o dan y pistyll gwyn.

A heddyw mae'r mynachdy a'i furiau'n foelion iawn;
Ond mae y meini'n dangos lle bu ag urddas llawn.

Cerdded 'o'r naill drum i'r llall' a wnâi fy hynafiaid innau. Cerddasant hyd y llwybrau uchel wrth fynd i fawna, gan dynnu'r heyrn torri mawn a'r car-llusg ar eu holau a'i lond o friciau duon: coedwigoedd y cynfyd wedi pydru a chywasgu yn dod yn danwydd i ni. Cerddasant hyd-ddynt trwy ganrifoedd o Sabothau, yr holl ffordd o gwm Maesglasau i'r eglwys hardd ym Mallwyd.

Nid codwr ffyrdd a newidiodd hynny, eithr bardd. Bron i ddwy ganrif a hanner yn ôl dychwelodd Hugh Jones, yr emynydd a'r cyfieithydd, o Lundain i'w gwm genedigol, yn feddw gan Galfiniaeth. Dan rym ei dröedigaeth, a than gymhelliad ei awen, trodd grefydd teuluoedd Tynybraich a Maesglasau yn grefydd anghydffurfiol. Newidiwyd am byth y daith dros ben y bryn i eglwys Mallwyd yn daith hyd yr wtra i gapel yn Ninas Mawddwy.

Yn y capel hwnnw mae emynau Hugh Jones, Maesglasau, yn dal i atseinio, er yn wannach o hyd. Ond er craffu, nid yw llwybrau uchel yr hen bererinion i'w gweld bellach. 'Wrth i fywyd Dyn ddisgyn o ben y mynydd,' meddai'r hanesydd eto, 'disgynnodd ei ffyrdd gydag ef.'

Mae hyn yn sicr: bu'r tir uchel yn brysurach nag y mae heddiw. Yr ucheldir hwn ar ffiniau Meirion a Maldwyn a dramwyai Gwylliaid Cochion y Dugoed bum canrif yn ôl ar eu teithiau herwrol rhwng helfa a rhaib. Pam arall, ond rhag ysbeilio'r herwyr, y gosodwyd y tu mewn i simdde fawr Maesglasau hidlwr o grymanau? Mae ogofâu'r Gwylliaid Cochion yn dal ynghudd ar y llethrau, eu hysbrydion yn cynhyrfu pan ddaw'r niwl i'w hennyn, ac ubain y gweddwon a'u plant i'w glywed wrth wynt coch Bwlch yr Oerddrws. A phan fydd y machlud yn tanio'r rhostir ar noswaith o haf, mae'r cof am yr arllwys gwaed fel petai'n lliwio gwedd y tir ei hun.

Safaf i wrando. Nid oes sŵn yr un creadur byw yma, heblaw am fref ambell ddafad, a chrawc brân, a thelori byrlymus yr ehedydd wrth iddo godi'n ddirybudd dan sangiad fy nhroed trwy'r grug. Cyfyd yn uwch ac yn uwch dan rugliad cyflym yr adenydd. Dilynaf ei hynt, a gweld y tu hwnt iddo amlinell barcud a'i gynffon fforchog yn hofran. A thu hwnt i hwnnw, yn yr entrychion, gysgod adenydd llydan dau walch glas yn dawnsio'n gylchol am ei gilydd. Y gwryw llai yn esgus plymio tua'r fenyw. Rhaid ei bod yn dymor paru. Ni fydd yn hir, felly, cyn y gwelwn ar un o siliau ysgythrog clogwyn Maesglasau, heb na nyth na mur arall o'u cwmpas, wyau cochlyd, brech y gwalch.

Falco peregrinus. Hwn yw'r pererin chwimaf. Cyrhaedda'i nod â chywirdeb ac â chyflymder taflegryn. Hyn a'i gwnaeth yn gas ymhlith ciperiaid a lladron wyau. Bu'r hela didrugaredd a fu arno yn ddigon, am gyfnod, i beryglu parhad ei hil, ac mae'n dal yn aderyn tra phrin. Ac yn aderyn hardd i ryfeddu, gyda'i goron a'i ruddiau tywyll, ei gorff ac adenydd o lwydlas gloyw, a'i fol o blu gwyn ac arnynt frychni duon. Rhyfeddol – iasol – yw datsain ei gri croyw, ailadroddus.

Unwaith yn unig y bûm yn dyst i'w helfa. Mae'r olygfa wedi'i serio ar fy nghof. Cael fy ngwynt ataf yr oeddwn, rhyw fore bach yng Nghwm yr Eglwys, pan sylwais ar hofran hirymarhous y gwalch ymhell, bell uwch fy mhen.

Ymhen rhai munudau sylwais ar rugiar yn hedfan o'r fforest a thua'r tir agored. Gwyddwn yn syth fy mod wedi fy ngosod i wylio drama. Nid oedd obaith i'r rugiar. Cwta eiliad, ac fe welodd y gwalch hi.

Fe'm parlyswyd gan ddychryn a rhyfeddod. Gwyliais y pererin yn bwrw'i adenydd yn ôl. Plymiodd o'r uchelfannau a'i adain yn chwibanu. Roedd ei gyflymder yn felltigedig, rhyw ddau gan milltir yr awr medd yr arbenigwyr. Ac yna: trawiad y crafangau. Ffrwydrad o blu brown. A thorri, ar amrantiad, asgwrn cefn y rugiar ddiarwybod.

17

Un ergyd o ganol nunlle oedd diwedd y prae.

Marwolaeth drugarog yw marwolaeth ysglyfaeth y gwalch glas, medden nhw. Ond a minnau yn fy nawdegau yn rhythu i wyneb angau, ac yn ceisio fy ngorau ei anwybyddu, ni welaf unrhyw farwolaeth yn drugarog.

Eto, gwn yn iawn i mi orfoleddu y diwrnod hwnnw yn lladdfa lân y bwled dur o blu.

Bu cryn drafod ynghylch tarddiad enw Maesglasau. Mae yn hen enw. Yn ôl un arbenigwr, y cofnod cyntaf a geir o'r enw yw 'Maesglasivre' yn 1425. Aethai hwnnw'n 'Maesglasrc' erbyn 1695 ac yn 'Maesglassey' mewn cofnod yn 1765. Awgryma hyn, meddai, mai 'Maesglasfre' oedd ffurf wreiddiol yr enw, sef 'maes y bryn gwyrdd'. Aeth 'Maesglasfre' yn 'Maesglase', ac yna yn 'Maesglasau'.

Anghytuno y mae arbenigwr arall, gan awgrymu mai enw wedi'i seilio ar yr enw personol Celtaidd, 'Glasan', sydd yma (i'w gymharu â'r enw Gwyddeleg *Glassán*), a hwnnw'n gysylltiedig â'r ansoddair 'glas'. Dywed fod yr enw hwn i'w weld mewn nifer o fannau yng Nghymru, megis Pen Glason, sef yr hen enw am blasty Peniarth, Bodlasan ger Llanfachraeth ym Môn, a Dôl Lasau ger Bleddfa yn sir Faesyfed.

Ond y traddodiad yn y parthau hyn, fel y soniais eisoes, yw mai tarddu o'r gair 'clas' a wnaeth ail elfen yr enw, gan awgrymu bod mynachlog wedi bod ym mhen y cwm.

Mae un peth yn sicr, bydd enw Maesglasau yn gysylltiedig am byth ag enw Hugh Jones. Ym mlaen cwm Maesglasau, lle trigaf innau'n awr, y'i ganed yn 1749. Cafodd addysg dda, ac roedd yn gantor a cherddor dawnus. Ac yntau'n ŵr ifanc, gadawodd ddistawrwydd cwm Maesglasau am ddwndwr Llundain. Yno, yn 'sŵn a chythrwfwl y byd', y cyfansoddodd ei lyfr cyntaf, *Cydymaith yr Hwsmon*. Cyfuniad o ryddiaith a barddoniaeth, dyfyniadau Beiblaidd a myfyrdodau crefyddol, yn cyffelybu treigl y tymhorau i dreigl bywyd dyn . . .

Dychwelodd Hugh Jones i'w fro enedigol i gadw ysgol. Ymroes yn ddygn i lenydda, i emynydda ac i gyfieithu weddill ei oes. Cyhoeddodd gyfrolau lu: dwy gyfrol o gerddi ac emynau, ysgrifau a phregethau, cyfieithiadau o weithiau crefyddol, hanesyddol, meddyginiaethol. Ond mewn tlodi y bu farw, a hynny ym mhentref Henllan ger Dinbych, ac yntau ar ganol cyfieithu *Y Byd a Ddaw*.

Emyn mwyaf adnabyddus Hugh Jones, Maesglasau, yw 'O! tyn y gorchudd'. Fe'i galwyd gan O.M. Edwards, golygydd ei waith, yr emyn gorau yn y Gymraeg. Gweddi sydd yma i Dduw ddifa ym mynydd Seion 'y gorchudd sydd yn cuddio yr holl bobloedd' fel y caniateir treiddiad y goleuni. Mae yma hefyd ddathliad o'r glanhad a geir yn y ffynnon ar fryn Calfaria.

Eto, rwyf yn argyhoeddedig nad cyfeiriad at adnod yn llyfr Eseia yn unig sydd yma. Onid ysbrydoliaeth ddaearyddol yr emyn yw mynydd Maesglasau a'i niwloedd mynych? Ac onid rhaeadr rymus nant Maesglasau yw'r ffynnon lanhaol a welir yn nychymyg y bardd?

Ymbil am gael gweld yn glir sydd yn emyn Hugh Jones. Ymbil am dynnu ymaith rhyw orchudd tywyllol.

Rhyfedd o beth.

Ychydig a wyddai Hugh Jones y byddai i'r geiriau, ganrifoedd yn ddiweddarach yng nghwm Maesglasau, adleisiau dwys i'n teulu ni.

'O! tyn y gorchudd'

O! tyn
Y gorchudd yn y mynydd hyn;
Llewyrched Haul Cyfiawnder gwyn
    O ben y bryn bu addfwyn Oen
Yn dioddef dan yr hoelion dur,
    O gariad pur i mi mewn poen.

Ble, ble
Y gwnaf fy noddfa dan y ne',
Ond yn ei archoll ddwyfol E'?
    Y bicell gre' aeth dan ei fron
Agorodd ffynnon i'm glanhau;
Rwy'n llawenhau fod lle yn hon.

Oes, oes,
Mae rhin a grym yng ngwaed y groes
I lwyr lanhau holl feiau f'oes:
    Ei ddwyfol loes, a'i ddyfal lef
Mewn gweddi drosof at y Tad,
    Yw fy rhyddhad, a'm hawl i'r nef.

    Golch fi
Oddi wrth fy meiau mawr eu rhi',
Yn afon waedlyd Calfari,
    Sydd heddiw'n lli o haeddiant llawn;
Dim trai ni welir arni mwy;
Hi bery'n hwy na bore a nawn.

Nant Maesglasau.

Tynybraich a'r ffordd i gwm Maesglasau.

2

*Amser gwanwyn, yn ol i'r hin dymmheru a'r ddaear
ddechrau cynnhesu; er dysgyn ymbell gaenen o eira
arni, ni erys ond ychydig amser: ac er iddi weithiau
galedu dros nos gan rew, mae'n rhywiog i feddalhau
y dydd gan des yr haul.*

Gwelaf fy mam wrth ymyl ei gŵr ar gefn y drol. Dau
olygus, pryd tywyll, ar eu ffordd i'w cartref newydd yn
Nhynybraich. Dod y maent o'r capel yn Ninas
Mawddwy: y ddinas o ddolydd sydd rhwng dau fwlch.

Mae haul Mehefin yn estyn ei fraich aur amdanynt.
Priodas sydd o'u hôl, ac atsain olwyn a charn ar y
ffordd. Bywyd newydd o'u blaen, megis caseg yn tynnu
tua chwm glas, gwag.

Nid oes raid i Evan ei chymell. Try'r gaseg yn reddfol
tua'r chwith oddi ar y ffordd dyrpeg at lôn gulach.
Twnnel rhuddgoch o fysedd y cŵn. Blodau gwyn yr
ysgawen yn nenfwd les drostynt. Yr un, fel y sylwa
Evan, â'r les sydd ar fodis ei wraig. Mae golau'r haul
trwy ddellt y coed fel sêr yn ei gwallt.

Rhydd ei fraich am ei gwasg, a'i thynnu ato.

Mae curiad cyson y carnau'n mesmereiddio. Aur ac
arian blodau'r haf yn gloywi yn y perthi. Arogl y
ddraenen wen yn meddwi. Ânt heibio i Ffridd Gulcwm,

heb weld cyfarch eu cymdogion sy'n disgwyl eu dod yn ffrâm y drws. Heibio i'r sgubor a thrwy'r llidiart sy'n agored i'w derbyn.

Arafa'r gaseg wrth dyniad y rhiw. Ond mae Evan yn ddiamynedd, yn ysu am gyrraedd ei gartref, yn sisial gair o gymell, yn llacio'r ffrwyn â symudiad ei arddwrn.

Mae'r ffordd yn fwy anwastad yma, a'r nant sy'n llifo'n groes iddynt o ben Foel Dinas fel petai'n eu harafu eto. Cwningod yn gwasgaru rhagddynt wrth ddod rownd pob tro. Hyrddiau ysbeidiol o drydar adar bach ar ymylon yr ymwybod.

Ac yna, a chrensian yr olwyn ar wyneb y ffordd yn cynyddu, a'r gwres yn sydyn yn poethi, a fflach o olau'r haul yn eu dallu, bwrw mae'r ddau o'r twnnel persawrus i fyd agored cwm Maesglasau.

A dyna nhw yno. Tynha Evan y ffrwyn a daw'r gaseg i sefyll ar ben y rhiw. Mae'r cwm glas oddi tanynt; o'u cwmpas yn llwyr.

Hwn fydd llestr eu bywyd priodasol. Cwm rhwng tri mynydd, a phistyll yn y pellter yn ei ffrwythloni. Defaid a gwartheg yn emau gwyn a du ar glustog glas y gwellt. A hen ffermdy carreg Tynybraich yn eistedd yn braf dan gesail y mynydd.

Gwelaf fy mam yn ymysgwyd, ac yn ei sadio'i hun rhwng ei gŵr ac ymyl y drol. Fy nhad yn troi ati. Hithau'n gwenu.

Gyda hynny o gadarnhad, plwc eto i'r ffrwyn. Tuthio cyflymach y gaseg i lawr y rhiw, dros bont nant

Maesglasau, a chodi eto ar lethrau mynydd Tynybraich i wynebu carreg a mortar eu byw ynghyd.

Hen dŷ hardd yw hwn. Tair canrif oed, meddai Evan wrth ei helpu i ddod oddi ar y drol. Dwy ffenest o boptu i ddrws mawr pren, a thair ffenest uwch y rheiny'n creu trionglau yn y to. Y 'tŷ ffwrn' lle crasid y bara ar un llaw iddo. Y beudy a'r stabl a'r sgubor ar y llall, yn cwpanu'r buarth.

Daw mwg o un simdde. Arwydd fod teulu Evan yn aros amdanynt.

Gwelaf fy mam yn llyncu'i phoer.

Ei gŵr sy'n tynnu fy mam drwy ddrws derw Tynybraich. Ei thynnu, nid tua'r parlwr ar y dde, nac ychwaith tua'r ystafell fach yn syth o'u blaen. Na, yng nghegin fawr y tŷ yr oedd eu dyletswydd gyntaf. Yno, yn gylch am y tân, yr eisteddai'r tair benyw. Golygon dwy wedi eu troi tuag atynt yn ddisgwylgar. A'r olaf, yr hynaf, wedi gostwng ei golygon tua charreg yr aelwyd, fel petai am anhuddo'r tân â'i threm oer.

Y tair hyn oedd dwy chwaer Evan, a'i fam.

Yn ei chwithdod, gwelaf fy mam yn craffu o'i chwmpas ar y dodrefn derw tywyll: cwpwrdd deuddarn, dresel, cloc wyth niwrnod, a chist fawr goch ac arni rwymau haearn lle cedwid hen lyfrau'r teulu.

Cyfyd un chwaer atynt a'i chyflwyno ei hun. Sarah yw hon, sy'n mynd ar ei hunion i'r gegin i daro'r tecell ar y tân. Annie yw'r llall, sy'n ymlwybro atynt yn swil ac yn eu cusanu'n annwyl. Nid oedd hon, yn ôl y sôn, 'cweit fel pawb arall'. Crwydrai'r fro ar ei phen ei hun, yn siarad â choed ac â blodau. Credid yn gyffredin iddi fwyta rhyw ddrwg o'r sietin pan oedd yn blentyn bach, ac mai'r gwenwyn hwnnw oedd achos hynodrwydd ei meddwl. Anghytunai Evan. Un ara-deg fu Annie erioed.

Syllu i ganol nunlle'r pentanfaen y mae Catrin Jones o hyd. Ond pwy na wadai mai 'tipyn o stormes' oedd hon? A hynny mor groes i'w gŵr, heddwch i'w lwch. Gŵr craff a diymhongar, meddai'r cofiant a gyhoeddwyd iddo; darllenwr a cherddor; athro ysgol ganu ac ysgol ddarllen . . .

Piti mawr nad oedd Robert Jones yma yn awr.

Mae staes y ffrog briodas yn gwasgu am gorff fy mam. Dagrau'n pigo ei llygaid wrth gofio cynhesrwydd aelwyd Coed Ladur, ei rhieni, ei brodyr a'i chwiorydd annwyl.

Fel petai wedi hen arfer, anwybyddu gwg ei fam y mae Evan. Tyn ei wraig ar ei ôl, heibio i'r bwtri a'i gerwynnau, ac at y gegin gefn.

Dyma aelwyd gynhesach. Mae arni ffwrn a radell, a thecell du yn hongian ar gadwyn chwim. Mae arni lechen grasu a haearn smwddio. Mae arni ffender fawr bres. Mae ynddi dân mawn yn mudlosgi, yn llenwi'r lle â'i sawr chwerw-felys.

Dyma fwrdd derw hir, setl a mainc, a dwy gadair ar bob pen. Yn crogi ar fachau o'r nenfwd isel, dyma goes mochyn, dau biser a dwy badell fawr. Ym mhen draw'r ystafell dacw gwpwrdd â'i lond o lestri gwyn, dau rolbren, cist flawd ac arni gefn crwca, powlen fawr bridd i olchi'r llestri, a drws y cefn a agorai tuag ehangder y cwm.

Yn sorllyd yr ymuna Catrin Jones â'i phlant i fwyta'r te priodas. Gadael y bara menyn ar ei hanner; pigo ar y bara brith; troi ei thrwyn ar y crempogau; prin gyffwrdd â'r te llaethog, er bod ei cheg yn grin gan brotest.

Ni ddaethai Catrin Jones i briodas ei mab. Ni chaniataodd i'w dwy ferch fynd ychwaith. A ddisgwylid iddi roi sêl ei bendith ar yr hyn a ddygai bopeth oddi arni? Ei hawl dros ei hunig fab, a'i chartref? A oedd i lawenhau yn yr hyn a'i hesgymunodd o Dynybraich i ben pellaf cwm Maesglasau, er mwyn gwneud lle i Evan a'i wraig newydd?

Yn sorllyd y ffarwelia hefyd. A bachu ar y cyfle, tra mae Evan yn cellwair â'i ddwy chwaer, i hysio yng nghlust ei merch-yng-nghyfraith:

'Wn i ddim sut y down ni i arfer efo chi hyd y lle 'ma. Roedd y tair ohonon ni mor gytûn â thair coes stôl odro cyn i chi gyrraedd.'

Gwelaf fy mam yn edrych arni. Ac fe'i clywaf yn dweud rhyngddi a hi ei hun:

'Ffraeais i erioed efo neb yn fy mywyd, Catrin Jones, a ddechreua i ddim heddiw.'

Megis y daw pobloedd yn donnau i goncro tir, tair merch a ddaeth yn eu tro o gymoedd eraill Meirion i gwm Maesglasau. Mam, Rebecca Jones o gwm Cynllwyd, oedd yr olaf o'r tair hyn i'w breinio â chael byw ym mhen draw'r byd.

Dechrau gwanwyn 1903 oedd hi pan adawodd ei chartref yn ardal Llanuwchllyn a chychwyn ar ei thaith i weld ei theulu yn fferm y Bwlch yn Ninas Mawddwy.

Taith ddiadlam oedd y daith dros Fwlch y Groes. Cario dŵr o'r ffynnon i'r golchdy yr oedd pan ddaeth gŵr ifanc at y tŷ i ofyn am gopi o *Gydymaith y Bugail*, y llawlyfr a ysgrifennwyd gan ei thaid, Lewis Jones, yn rhestru clustnodau defaid cwm Mawddwy.

Enw'r dieithryn oedd Evan Jones, Tynybraich. Amaethwr. Herwheliwr. Cellweiriwr.

Y tir a'i greaduriaid oedd pethau Evan. Dyn yr awyr iach ydoedd, meddid wrthi, ac nid oedd ganddo ddim o ddiléit ei gyndadau mewn llyfr. Roedd yn ffermwr da; adwaenai ei ddefaid, meddid, wrth eu henwau bob un. Roedd yn botsiar gwell fyth; nid oedd neb tebyg iddo, meddid wedyn, am dwyllo ciperiaid y plas.

Roedd yn dyrchwr o fri hefyd, fel y tystiai ei gymdeithion: pan glywai sŵn y twrch dano, estynnai am y botel wenwyn a gadwai ym mhoced ei wasgod. Arllwys diferyn ar bry genwair, a gwthio'r wledd andwyol trwy'r twll at y wadd.

Byddai Evan Jones wrth ei fodd yn pysgota brithyll drwy 'gosi-bol'. Arhosai'n berffaith lonydd a'i draed yn nŵr yr afon. Ymgrymai tua'r dŵr. Aros i'r pysgodyn lonyddu. Rhoi'i ddwylo o boptu yn araf, a'u cwpanu am y pysgodyn. Yna, yn dyner, cosi'r corff nes ei yrru i lesmair. Ei gosi'n dyner, dyner, cyn cythru'n sydyn a chipio'r brithyll syn yn syth o'r dŵr. Roedd yn symudiad mor hudolus a llyfn ag eiddo unrhyw acrobat.

Ond yn anad dim, ffolai Evan Jones ar hela llwynog. Eto, nid meddylfryd yr haid a goleddai. Nid âi byth i ganlyn yr helwyr eraill a'u cŵn. Na. Mynd a wnâi yn hytrach at Fwlch y Siglen ym Maesglasau. Safai yno. Weithiau drwy'r dydd. Adwaenai'r cadno. Byddai'n siŵr o ddod yn hwyr neu'n hwyrach drwy Fwlch y Siglen ar ei ffordd i'w ffau.

Safai. Gwrandawai. Disgwyliai. A châi ei wobr.

Gwyddai fy nhad yn iawn pryd i ddal y cnaf.

Syrthiodd fy mam mewn cariad â'r gŵr golygus, sgilgar, plaen ei dafod hwn yr oedd ganddo glamp o fwstásh dan ei drwyn a direidi yn ei lygaid. Dri mis wedyn priodwyd y ddau.

Fe'm ganed innau yn 1905. Blwyddyn o ladd fu'r flwyddyn honno yn hanes y byd. Tsâr Nicolas II yn lladd pum mil o wrthdystwyr yn ninas San Petersbwrg. Lladd deng mil mewn daeargryn yn India. Lladd dau gan mil o Rwsiaid gan lynges Siapaneaidd Togo. Morwyr ar fwrdd y llong Rwsiaidd, *Potemkin*, yn lladd eu swyddogion. Lladd Iddewon gan Rwsiaid Odessa. Ac yng Nghymru, lladd bron i gant ac ugain o lowyr gan ffrwydrad mewn pwll glo yn y Rhondda Fach. Ond gwrthbwyswyd holl farwolaethau'r byd i Rebecca ac Evan Jones, Tynybraich, gan eni eu plentyn cyntaf: yn goflaid o gnawd, yn dalcen uchel, ac yn drwch o wallt glasddu.

Fe'm galwyd yn Rebecca: ar ôl fy mam, ac ar ôl mam fy mam. Roedd gafael traddodiad ynof o'r funud y'm ganed.

Ni ddaeth Catrin Jones, fy nain, ar ein cyfyl – na chyn fy ngeni, nac am wythnos neu ddwy wedyn. Fy ngweld yn 'glws, debyg i'w thad' a wnaeth pan ddaeth i roi ei bendith gwta arnaf. Buasai wedi bod yn arw ar fy mam heb gefnogaeth fy modryb Sarah. Daeth draw adeg menter yr esgor, a'm tad ond yn rhy falch o gael ymesgusodi ac ymgilio i'r caeau. Daeth draw yn ddyddiol wedyn i helpu â gwaith y tŷ ac â magu 'Beca fach'. A phan aned Robert, fy mrawd, fis Awst 1906, parhaodd i ddod draw o Faesglasau er gwaethaf dannod ei mam.

Cof plentyn sydd gennyf o'm modryb Sarah. Cofiaf ei bod yn dal ac yn hardd, a bod naws ddwys o'i chylch, heb ddim o gellwair ei brawd ynddi. Cofiaf y wên ar wyneb fy mam pan gyfarchai hi bob dydd: gwên o ddiolchgarwch; gwên o gariad chwaer at chwaer.

Bu farw Sarah yn 1910, yn wraig ifanc 34 oed, flwyddyn wedi marwolaeth ei mam. Argraff ei phresenoldeb dawel sydd wedi aros gyda mi fwyaf. Eto, ni wn weithiau ai hi ynteu'r englyn a gyfansoddwyd iddi sydd yn peri'r cof hwn. Mae i'w weld o hyd ar garreg ei bedd ym mynwent Dinas:

Yn gynnar gwywodd Sara – ddistaw, ddwys,
  Tawodd heb fri'r dyrfa;
  Ond dibaid hud ei bywyd da
  Dros ei gweryd oer wasgara.

Heb Sarah, ei chwaer-yng-nghyfraith, ar ei phen ei hun y buasai fy mam wedi gorfod magu dau o blant, cadw tŷ a gwneud holl waith disgwyliedig gwraig fferm yn y cwm anghysbell hwn.

Codai Mam ar doriad gwawr i ddadanhuddo'r tân. Byddai'n caboli carreg yr aelwyd a'r grât â blocyn o blacléd a dau frwsh, ac yn rhoi *whiting* wedyn o dan y grât. Cabolai'r ffender â *Brasso* nes bod modd gweld eich llun ynddi, a defnyddiai ddail tafol i lanhau llawr carreg y gegin. Sgubo'r llawr yn drylwyr wedyn cyn mynd ati i ddarparu brecwast i'r gweddill ohonom, a pharatoi'r cinio fel y byddai'n barod i'w fwyta ganol dydd.

Ar ôl gofalu am ein bwydo a'n dilladu ni, âi ymlaen at weddill ei dyletswyddau yn y tŷ. Dydd Llun fyddai diwrnod y golchi, y sgrwbio, y manglo, a thaenu'r dillad ar y gwrychoedd i gannu yn yr haul. Dydd Mawrth y smwddiai'r dillad â'r haearn bocs, a'r haearnau'n cael eu codi'n wynias boeth oddi ar y tân. Dydd Mercher fyddai diwrnod crasu, pan grasid digon o fara am wythnos gyfan, rhyw saith torth i gyd, heb sôn am ddwy dorth frith a chacennau cri. Dydd Iau oedd diwrnod corddi:

troi'r fuddai, trin y menyn yn y noe a sgrwbio'r llaethdy'n lân. A dydd Gwener oedd diwrnod glanhau'r tŷ; anaml y câi gyfle i fynd i'r farchnad yn Nolgellau.

Ar ben hyn roedd gan Mam ei dyletswyddau ar y fferm. Cario dŵr o'r ffynnon i'r tŷ. Bwydo'r ieir a chasglu'r wyau o'r certws. Bwydo'r moch a charthu'r cutiau. Mam fyddai'n godro'r tair buwch ddu yn y stabal ac yn gofalu bod digon o fwyd iddynt yn y manjars. Hi hefyd, pan na fyddai Sarah ar gael, âi â phiser o laeth at Lidiart y Dŵr ar gyfer anghenion ei mam- a'i chwiorydd-yng-nghyfraith ym Maesglasau.

Ynghanol hyn i gyd disgwylid iddi ofalu amdanom ni'r plant, a pharatoi prydau bwyd a the yn brydlon erbyn i nhad ddychwelyd o'r mynydd. Cyrhaeddai yntau'n union fel bys cloc ar yr awr. Ac nid mater bach oedd paratoi bwyd o'r ychydig oedd gennym. Caem gig moch wedi'i halltu a thatws, neu botes, gan amlaf i ginio. Bara menyn a jam, a llaeth enwyn i de. Llymru, siòt neu fara caws i swper. Caem ffrwythau yn ôl y tymor: riwbob, eirin, eirin Mair, afalau, a mwyar duon wrth gwrs, sef yr hyn a adwaenid fel 'ffriwts y dyn tlawd'. Un o'm hoff bethau i oedd cael rhoi'r salamander ar ben toes y darten, yr haearn fflat poeth a drôi'r crwst yn euraid, cras.

Oni bai i nhad fod yn hela neu'n pysgota, dim ond yn nhymor lladd mochyn y caem gig ffres. Byddai pob fferm yn lladd y mochyn yn eu tro a phawb yn rhannu'r cig ffres rhwng ei gilydd; halltid y gweddill â chymysgedd o halen a solpitar. Golygai hyn fod gennym lif cyson o gig ffres am ryw bum mis o'r flwyddyn.

Ar adegau arbennig, megis adeg cneifio neu adeg hel gwair, disgwylid i Mam gyflawni ei siâr o'r gwaith hwnnw hefyd, heb sôn am baratoi bwyd a llyn i ddegau o ddynion. Clirio'r llestri, allan eto i weithio nes y machludai'r haul, yna paratoi swper i'r giang, a'n rhoi ni'r plant yn y gwely. A phan fyddai diwrnod gwaith pawb arall ar ben, a'r dynion wedi dychwelyd i'w cartrefi, a nhad yntau wedi mynd i'w wâl, byddai Mam yn gorfod dechrau golchi'r mynydd llestri oedd wedi ymgasglu trwy'r dydd.

Ni chofiaf weld fy nhad erioed yn cynnig cymorth iddi wrth ei gwaith. Ni ddisgwylid hynny.

Hyd yn oed pan eisteddai Mam yn llonydd wrth y tân fin nos, byddai ei dwylo'n brysur yn gwau sanau. Fy mraint innau, pan ddeuthum yn ddigon hen, oedd bod yn help iddi ddirwyn yr edafedd yn gengliadau am fy nwylo dyrchafedig. Prynid yr edafedd, os cofiaf yn iawn, gan ddau frawd o Gwm Llinau.

A phan nad oedd Mam yn gwau, darllenai – y Beibl, bron yn ddieithriad. Onid oedd wedi penderfynu yn bedair ar ddeg oed gyflwyno'i bywyd i Iesu Grist?

Canfûm ymhlith hen bapurau fy mam draethawd bychan a ysgrifennodd ynghylch 'amser'. Mae'n dangos yn eglur brysurdeb ei bywyd. Ond dengys hefyd, er gwaethaf y prysurdeb allanol, fesur ei hymroddiad i'w bywyd mewnol.

34

Dyma ran o'r hyn a ysgrifennodd yn y traethawd hwnnw:

> Gofynnir weithiau pa fodd y gall dyn gael amser i ddiwyllio ei feddwl. Gellir yn hawdd ateb hyn fod llawer yn mynnu amser trwy wneud iawn ddefnydd o'u munudau segur. Y mae dyn fydd yn dilyn ei waith gydag ysbryd darbodus yn gwylio ei adeg a gofalu am ei ddyletswyddau yr un pryd.

Yn hynny o 'funudau segur' a gafodd fy mam, manteisiodd arnynt i'r eithaf. Drwy gydol ei bywyd, derbyniodd a daliodd yr holl ergydion caled a ddaeth iddi, a'u cynnwys yn ei bywyd ysbrydol cyfoethog. Roedd hwnnw megis perl gloyw y tu mewn iddi, a'i lewyrch yn treiddio trwodd at groen ei hwyneb. 'Cred yn Nuw a gwna dy waith,' oedd ei harwyddair.

Daeth Bob, wedi'r babandod, yn gwmni gwerth chweil i'w chwaer fawr. Ni fyddem un munud yn llonydd. Cydchwaraeem yn selog a chytûn.

Codasom gartref i'n gilydd wrth hen dderwen a fwriwyd ar ei hochr gan fellten. Roedd gwraidd enfawr a chwmpasog y dderwen yn rhagfur solet, a'i bantiau a'i dyllau'n cynnig sawl silff a chwpwrdd. Gweithiai ein trefn ddomestig i'r dim. Âi Bob i hela gyda'i fwa a saeth a dychwelyd rai munudau'n ddiweddarach â boncyff go drwchus yn ei law a golwg luddedoliaethus ar ei wyneb.

Oni roesai'r boncyff 'gythgam o ffeit' yn erbyn yr heliwr bach? Paratown innau de i ddathlu ei ddychweliad: dail a dŵr glaw mewn hen dun, yn ddiod amheuthun. Fy moddhad mawr, mi gofiaf, oedd paratoi cacennau mwd i'm brawd, a haen drwchus o fwsog yn eisin gwyrdd arnynt. Crasent yn berffaith dros nos mewn twll rhwng gwraidd a gwraidd. Boddhad Bob – mi dybiaf – oedd eu bwyta.

Cawsom hen gert yn anrheg gan fodryb Morgans gyfoethog. Clymodd fy nhad hen focs ar y tu blaen fel y gallem gario neges draw i Faesglasau neu i'r Ffridd: wyau neu jar o gyffug, neu botelaid o de oer i'n tad. Yr hoff dric, fodd bynnag, oedd rhoi trip yn y bocs i un o anifeiliaid y fferm: Bobi Jo, yr oen, a gâi'r fraint ran amlaf, ac eisteddai â holl fawredd oen swci ar ei orsedd olwynog. Yn ddiweddarach llwyddais i argyhoeddi Blodwen – un o ieir hurtaf y fferm – i fentro gyda mi ar y cert. Daeth Blodwen yn feistres ar ddal ei chrafangau'n dynn am y trawst ar y tu blaen fel yr awn innau ar wib i lawr y rhiw, a'i hadenydd yn ysgwyd fel melin wynt goch, flêr, yn ei hymgais i gadw'i chydbwysedd. Ni chofiaf chwerthin gymaint erioed, a byddai Bob yn ei ddyblau. A thybiais unwaith i mi weld fy nhad, yn arafu'i gamre wrth groesi cae, yn mygu gwên.

Coets fawr ein hymweliadau â chutiau'r moch a'r cutiau ieir oedd y 'car-llusg'. Cerbyd pren oedd hwn a ddefnyddid gan fy nhad i gario tyweirch mawn o ben y mynydd. Testun diléit oedd gweld y car-llusg a'i lwyth du yn dod tua'r tŷ i ganlyn fy nhad. Dal ein gwynt wedyn, a gofalu peidio â 'mynd dan draed', wrth wylio dadlwytho trefnus y tyweirch – tanwydd dihafal i'r tân. Ac yna, a'r cerbyd o'r diwedd yn wag, a nhad yn achlysurol mewn hwyl, deuai'r gwahoddiad i 'ddod am reid' ar gefn y car-llusg. Mawr oedd y miri, a phob ci a phob cath o fewn golwg yn cael eu cymell atom, nes bod y car-llusg yn un syrcas symudol, stwrllyd o gylch buarth Tynybraich.

Eto, yn ei bryder am ein diogelwch, gallai fy nhad fod yn dra llym, a hwyrach mai y tu ôl i gefn ein rhieni yr oedd y chwarae felysaf. Fe'n siarsid yn ddyddiol i beidio â mynd ar gyfyl y ceunant. I'n brawychu, mae'n siŵr, yr haerwyd bod yno ffau o lwynogod. Ond i blant chwilfrydig, roedd y gwaharddiad yn gryfach cymhelliad na phetai fy nhad wedi ein cario i ddyfnderoedd nant Cwm yr Eglwys ar ei gefn ei hun.

Er hynny, dywedaf hyn: nid oedd neb gwell nag Evan Jones am ddweud stori. Yn ei hwyl, fe'n swynai'n llwyr â'i hanesion doniol am ei gampau ei hun, ac am droeon trwstan ei gymdeithion. Yn sicr, byddent yn dra difyrrach na'r storïau ysgrythurol a gaem gan Mam, a rhyw 'wers' neu'i gilydd yn y rheiny bob tro; ac roedd honno, bron yn ddieithriad, yn wers hawdd ei rhag-weld.

Gwelaf fy mam yn awr yn dal yn ei dillad gwaith: ffedog fras o ddefnydd sach amdani, a thâp am ei chanol yn tynhau'r ffedog wrth y wasg. Mae'n cymhennu'r gwely ar ein cyfer ac yn mynnu bod Bob a minnau'n mynd ar ein gliniau i ddweud ein pader cyn noswylio:

Pan godi'n y bore gan feddwl am fyw,
Rho ddŵr ar dy wyneb i wella dy liw,
A dywed dy bader cyn profi dy fwyd
Rhag ofn i'r Bel Ffego dy ddal yn ei rwyd.

Piffian chwerthin – er mawr ofid i Mam – y byddem ninnau wrth adrodd y pader, ac yn ei holi bob tro ynghylch union natur y 'Bel Ffego' bondigrybwyll. Trin arnom ac ar ein cabledd a wnâi hithau, a'n gyrru i ymolchi. Ein boddhad mawr, pan nad oedd Mam yn gwrando, oedd llefaru paderau ffuantus.

Mynnai Mam ein bod yn aros yn y tŷ bob Saboth, heb na chwarae, na thynnu llun, na gwau, na gwnïo, na dim arall. Dim ond y trip wythnosol i'r capel a'r ysgol Sul. Dan amgylchiadau felly daethom ninnau'n feistri ar gyfrwystra, gan hawlio caniatâd Mam yn ddiniwed i fynd allan o'r tŷ i 'ymestyn ein coesau'. Diflannem yn syth i'n cuddfannau, a bachu ychydig funudau o ryddid i chwarae ac i weiddi ac i chwerthin. Oedd, roedd chwarae gwaharddedig y Saboth yn felys, er byrred oedd.

Y ddihangfa fawr arall oedd llyfrau. Ers cychwyn mynd i'r ysgol yn Ninas Mawddwy bu Bob a minnau'n ddarllenwyr brwd, a gallem ddianc i fydoedd dychymyg bob Saboth. Help anhraethol i ddifyrru'r diflastod. Derbyniai fy mam *Y Dysgedydd*. Derbyniem ninnau

Ddysgedydd y Plant: cylchgrawn na waherddid mohono ar y Sul. Yn hwn y dysgem benillion syml am hanesion Beiblaidd, rhai fel y rhigwm canlynol am Iesu Grist yn cyfarch ei ddisgyblion:

> Er mwyn cael lle manteisiol
> I mewn i long yr aeth,
> Fel gallai pawb ei glywed
> Yn eglur ar y traeth.

Nid darllenwr, fodd bynnag, oedd Evan Jones. Ni chofiaf weld fy nhad unwaith yn bodio llyfr nac yn codi ysgrifbin. Fy mam a gyflawnai'r ychydig waith papur oedd ynghlwm wrth y fferm. Byddai fy nhad a hithau'n eistedd yn y gegin ar derfyn diwrnod hir o waith, ac yntau'n mynnu ei bod yn ysgrifennu llythyr '*rŵan*, Bec'. Cyfansoddi llythyr cymen fyddai amcan fy mam, ond gwylltio wrth ei lledneisrwydd a wnâi ei gŵr:

'Ddalltan nhw mo rhyw gybôl felly, Beca. Jyst dwedwch: "Mae'r defaid wedi cyrraedd." Dyna'r cwbl sydd ei angen.'

'Ond Evan . . .'

'Dim hen bonsh. Jyst sgwennwch be sydd angen ei ddeud.'

Nid ymddiddorai fawr ddim yn hen lyfrau'r teulu, ac yntau wedi gorfod llafurio'n galed i adfer y fferm yn sgil difaterwch ei dad darllengar. Ni chofiaf fy nhad unwaith yn datod rhwymau haearn y gist waed-tarw lle cedwid yr hen lyfrau, nac yn estyn am y trysorau yno: *Kynniver*

Llith a Ban William Salesbury, Beibl William Morgan, Beibl 'Bach' John Davies o Fallwyd, copi o'r Llyfr Gweddi Gyffredin o'r flwyddyn 1742, heb sôn am lyfrau Saesneg cynnar a brynwyd yn Llundain gan ein cyndadau. At y gist hon y cyfeiriai'r englyn coffa a gyfansoddwyd i'n taid, Robert Jones:

> Llawn oedd o ddawn Llenyddiaeth – a'i gistiau
> Yn gestyll gwybodaeth;
> Ymroai am amrywiaeth
> Yn haul dysg, yn oleu daeth.

Na, ynghudd rhag golwg ddifater ein tad, a golwg barchedig ofnus fy mam, ein pleser a'n cyfrinach ni'r plant oedd estyn yn ofalus yr hen, hen lyfrau o'r gist a syllu arnynt mewn rhyfeddod.

Y llyfr mwyaf cynhyrfus i Bob ac i minnau oedd y Llyfr Gweddi Gyffredin. Yma roedd cofnod mewn llawysgrifen felen yn honni bod y teulu wedi byw yn ddi-fwlch yn Nhynybraich ers 1012. Fe gredem ninnau'r ysgrifen bob gair, gan ddysgu enwau'r ach ar ein cof, yn holwyddoreg o enwau dynion (namyn yr eithriad diarhebol): Gethin, Gruffydd, Llywelyn, Evan, Llywelyn, Elis, William, John Evan, Robert, Robert, Mary Evan, Evan, Robert ac Evan Jones. 'Bl. Chr. 1012. Dyma'r rhai a feddianasant Tynybraich.'

Roedd llyfr lleiaf y gist, *Kynniver Llith a Ban*, hefyd yn un o'r ffefrynnau. Syllem yn syn ar y llythrennau Groeg ar ddechrau'r llyfr, diwyg y llythrennau addurniedig, patrwm y geiriau ar y ddalen, a'r ddwy law addurnol ar y 'tervyn'. Craffem ar y cywiriadau mewn inc brown yma ac acw ar hyd y testun, a'r nodiadau ar ymyl y ddalen yn llaw rhyw hen, hen ddyn.

Mae'r geiriau agoriadol wedi'u hargraffu ar fy nghof – eu sain a'u gwedd – yn eu Cymraeg oedd ddim ond yn hanner cyfarwydd:

> *Kynniver llith a ban or yscrythur lan ac a ðarlleir yr Eccleis pryd Commun / y Sulieu a'r Gwilieu trwy'r vlwydyn: o Cambereiciat W.S.*

Ar ddiwedd y llyfr, ar derfyn y Gwynfydau, ceid sôn am Iesu Grist yn gweld y torfeydd a'i dilynai ac yn esgyn i'r mynydd i lefaru wrthynt:

> *Pan welað Ieshu y minteioeð / e ðaeth i vyny i'r mynyth.*

Byddem ninnau ar ein hunion yn synio am fab Duw yn dringo craig Maesglasau ac yn sefyll ar ben y mynydd, ynghanol y defaid, i annerch pobl Dinas Mawddwy.

Ni wyddem ar y pryd, er y gwyddai ein tad, mai dyma un o'r llyfrau Cymraeg argraffedig cyntaf. Fe'i cyhoeddwyd yn Llundain ym 1551, a William Salesbury, fel y dywedais, oedd yr awdur. Dyma'r cyfieithiadau ysgrythurol cyntaf i'r Gymraeg o'r ieithoedd gwreiddiol. Roedd *Kynniver Llith a Ban* yn llyfr eithriadol o brin. Dim ond pum copi ohono oedd yn dal i fodoli.

Yn yr ysgol yn Ninas Mawddwy, gweithio am y gorau a wnaem, a'n hawch am wybodaeth yn gyfartal. Monnai Bob o gael ei gymharu'n anffafriol â'i chwaer fawr yn y dosbarthiadau 'arithmetic', a hithau ar ei mwyaf chwim yn ateb cwestiynau megis: 'How many pounds in 29 shillings?' neu '1 yard of cloth will cost the purchaser 3 shillings. Find the value of 24 yards'. Ond roedd ei allu rhesymegol ef yn amlwg. Diau mai hynny – ynghyd â styfnigrwydd diarhebol teulu Tynybraich – a'i gwnâi yn ddadleuwr penigamp, hyd yn oed yr adeg honno. Buasai wedi gwneud bargyfreithiwr ardderchog. Ond am fynd yn feddyg yr oedd Bob, a minnau am fynd yn nyrs.

Mae rhai o'm llyfrau ysgol yn dal gennyf heddiw, a'u tudalennau'n llawn o'm llawysgrifen gyson, daclus. Yn wir, yr hyn sy'n dangos yn fwyaf trawiadol i mi greadures mor hynafol yr wyf bellach yw cymharu'r ysgrifio cytbwys, taclus hwnnw bedwar ugain mlynedd yn ôl, â'r sgrialu crablyd, crynedig a ddaw o'm hysgrifbin heddiw.

Yma, yn y *BL Exercise Books*, fel y'u henwid, y mae fy nghyfansoddiadau cynharaf! Yn Saesneg y caem y rhan helaethaf o'n haddysg yn ysgol y Dinas; yn yr ysgol Sul y cawsom ddysgu darllen ac ysgrifennu Cymraeg yn drylwyr. Yma hefyd mae rhestr daclus (yn Saesneg, wrth gwrs) o enwau gwledydd yr ymerodraeth Brydeinig, dan y pennawd *British Possessions*. Tybed a oedd cwm Maesglasau yn un o'r rheiny?

Yn Saesneg, felly, y ceir fy nghofnod o hanes y

'Cambrian Railway', a 'King Alfred', ynghyd â cherdd o'r enw *Pro nobis*, a'r disgrifiad canlynol sy'n cofnodi hynt a helynt '*My Christmas Holidays*':

> *The school closed on December 23rd, 1915 and opened on January 11th, 1916, we had a fortnight's holidays. It was very wet throughout our holidays, but I enjoyed myself during them. The shops were full of toys and other things, they were trimmed with holly in the holidays. Christmas is on Saturday last year. I went to chapel in the morning and afternoon. Some people went away during the holidays and others came home.*

Yn rhyfedd iawn, y cofnod hwn yw'r unig 'gof' sydd gennyf am Nadolig fy mhlentyndod. Ac ni chofiaf mwyach ai ffaith ynteu ffug ydoedd: yn sicr nid oedd llawer o '*shops*' yn Ninas Mawddwy, ond mae'r cyfeiriad at fynd i'r capel ddwywaith yn awgrymog.

Mae yma waith gennyf yn Gymraeg hefyd. Ceir tudalen o draethawd am 'Y Fuwch', yn ogystal â thudalen o hanes 'Y Crythor Dall'. Ond un o'm ffefrynnau, mae'n rhaid dweud, yw copi o gerdd dra diniwed gan Elfed, a eglurai i blant bach y Dinas y gwahaniaeth rhwng du a gwyn:

'Du a Gwyn' (Elfed)

Wrth droed yr Alpau yn yr haf
Dwy gornant fechan sy',
A gelwir un yn gornant wen
A'r llall yn gornant ddu.

O fôr o iâ daw'r gornant wen
A'i llif fel llaeth o wyn,
Ac nid yw'n cychwyn ar ei thaith
Un amser ond fel hyn.

Fel arall tardda'r gornant ddu
A duach, duach iâ.
Pan rewo'r gaeaf ffrydiau hon
Du ydyw lliw yr iâ.

Trallod beunyddiol dan y nef
Yw cael y gwir fel hyn –
Mae'n hawddach troi y gwyn yn ddu
Na throi y du yn wyn.

Dysgais benillion ar benillion o farddoniaeth ar fy nghof, heb sôn am emynau dirifedi, ac adnodau o'r Beibl. Maent yn dal yn fy nghof hyd heddiw, yn atseiniau llafar, yn salmau aml-gywair i blentyndod Cymraeg, capelog.

Mynnai ein hathro ysgol Sul, John Baldwyn Jones, ein bod yn dysgu talp o farddoniaeth ar ein cof bob wythnos, ac nid barddoniaeth Gristnogol ydoedd bob tro. Carai yntau farddoniaeth – Gymraeg a Saesneg – yn angerddol. Roedd yn fardd ei hun, ac yn fab i fardd arall, brawd fy nhaid, a adwaenid yn y cylchoedd barddol fel J.J. Tynybraich: dyn solet, a chanddo farf hir wen a golwg bell yn ei lygaid.

Ffefryn mawr ymhlith holl blant yr ysgol Sul oedd ein hewythr Baldwyn. Bu'n fyfyriwr yn y brifysgol ym Mangor, lle disgleiriodd wrth chwarae hoci (o bob dim).

Yno hefyd y dysgodd Ffrangeg. Ond yn ôl adref y daeth i helpu ei dad wrth ei fusnes gwerthu glo, ac i farddoni am fryniau cwm Mawddwy ac am fywyd. Molai harddwch ei fro fel petai'n moli Duw ei hun.

Dyma fy hoff englyn o'i eiddo – un o'r degau a ddysgais ar fy nghof ddegawdau'n ôl – sy'n cyffelybu breuddwydion i fwg yn codi o 'allor' gobennydd:

'Y Gobennydd'

Allor wen yw'r gobennydd – i lesg
Losgi ebyrth hwyrddydd,
A'i hysgawn fwg yn esgyn fydd
Yn freuddwydion i fro ddedwydd.

Un eiddil ydoedd, ond roedd o hyd yn llawn asbri a hwyl, ac wrth ei fodd yng nghwmni plant a phobl ifanc. Roedd yn hoff iawn o farddoniaeth Keats, Shelley, Tennyson a T. Gwynn Jones, ac yn arbennig o nofelau Daniel Owen; yn wir, fe'i cymharwyd unwaith ag un o gymeriadau enwocaf y nofelydd hwnnw, yr hoffus, fythol-fyrlymus Wil Bryan. Cyfieithodd Baldwyn gerddi o'r Ffrangeg i'r Gymraeg, cyfansoddodd ysgrifau am lenyddiaeth Gymraeg, a storïau a soniai am anturiaethau'r Gwylliaid. A throdd ei law, yn ôl y sôn, at y ddrama hefyd, ac at bortreadau theatrig – a ymylai ar fod yn 'syndicalaidd', yn ôl un sylwebydd – o gymeriadau dan ormes cymdeithas anghyfiawn.

Gwan oedd ei iechyd. Nid aeth i ymladd yn y Rhyfel

Mawr, fel llawer o'i gyfoedion. Ond fel cynifer o'r cyfoedion hynny bu farw John Baldwyn Jones yn ystod y rhyfel, yn ŵr ifanc naw ar hugain oed, a gorau ei fywyd eto i ddod.

Mae cyfrol o'i farddoniaeth yma dan fy mhenelin yn awr, ac iddi air o gyflwyniad gan R. Williams Parry a fu'n gyd-fyfyriwr gydag o ym Mangor. A gwelaf lun f'ewythr Baldwyn wedi'i fferru gan lygad y camera, a'i wedd yn ysol, fel petai ar ganol dweud rhywbeth.

Nant fyrlymus yw f'atgofion am blentyndod yng nghwm Maesglasau. Nant o ddigwyddiadau di-dor, ailadroddus; o sŵn ac arogl a blas a golwg yn un llif ymdroellog. Ac mae'r nant, fel y mae nant Maesglasau, yn un nodweddiadol o dirlun cefn gwlad canolbarth Cymru ar ddechrau'r ugeinfed ganrif. Mae ei bwrlwm cyfarwydd, cyffredin yn braf.

Nid felly yr oedd hi go-iawn, wrth gwrs. Ataliwyd y llif droeon. Yn wir, hwyrach nad nant yw'r ddelwedd gymwys i gyfleu treiglad bywyd rhwng argae ac argae.

Osgoais sôn am y cronfeydd. Yn y rheiny y mae teimlad yn cronni. Nid heb betruso yr af atynt. Nid heb ofni eu hawl ar ein cof y syllaf i'r dŵr llonydd. Ac nid heb fraw yr olrheiniaf fy llun yn y dyfnder diwaelod.

Dychwelaf at yr argae cyntaf. Af yn groes i'r llif. Hwn yw'r argae a newidiodd gŵys bywyd teulu bach Tynybraich.

Gwelaf fy mam yn ei gwely a baban yn ei breichiau. Fy nhad yn gwyro drosti. Llewyrch y gannwyll ar eu hwynebau, ac ar ddistiau tywyll nenfwd y llofft fawr.

Teirblwydd oed ydwyf, a newydd ddringo o'm gwely ar drywydd lleisiau fy rhieni, a gwaedd bob hyn a hyn o du Gruffydd, ein brawd bach newydd.

Mae Bob yn dal i gysgu'n braf.

Troediaf dros yr estyll gwichlyd a sbecian drwy gil y drws. Mae'r triawd mewn cylch o olau. Nid oes sŵn mwyach, ond siffrwd eu siarad tawel. Synnaf at agosrwydd fy mam a nhad.

Ond pryder sydd ar wyneb y ddau wrth syllu i wyneb wythnosau oed fy mrawd bach penddu. Teimlaf innau ias o oerfel yn treiddio trwy fy nghoban.

Gwelaf fy nhad yn estyn oriawr o boced ei wasgod. Cydia ym mhen y gadwyn, a siglo'r disg gloyw o flaen llygaid y baban. Atalia'r gadwyn. Gwasga'r watsh yng nghledr ei law cyn ei rhoi heibio eto.

Yna fe'i clywaf yn dweud hyn, a'i lais fymryn yn gryg:

'Mae arna'i ofan, Beca, nad ydi'r cog bach ddim yn gweld.'

Distawrwydd llethol. A minnau wedi fferru yn f'unfan, a'm coesau'n crynu'n afreolus.

Llais fy mam wedyn, a hithau'n codi'i golygon tua'i gŵr:

'Mae'n ame gen i, Evan. Mi ddaw eto. O flaen ei amser mae o . . .'

Distawrwydd pellach.

Wn i ddim am ba hyd y safaf yno yn sŵn tipian yr hen gloc mawr yn y neuadd. Ond yn y man, daw llais fy mam eto, fel petai o hirbell.

'Mae arna inne ofn, Evan, dy fod ti'n iawn.'

'Na, tyrd o'na, mae'n rhy fuan inni anobeithio . . .'

Ni chofiaf droi fy nghefn ar eu hymgysuro dieithr. Ni chofiaf groesi'r estyll yn ôl tua'r llofft, a dringo i'r gwely uchel. Ond cofiaf droi i edrych ar Bob; ac â holl emosiwn fy oes dair blynedd cofiaf warafun iddo ei gwsg. A chofiaf orwedd yno, ac argae fy nagrau'n torri, yn beichio crio am fod fy mrawd bach wedi ei eni'n ddall.

Daeth fy mam i dderbyn dallineb Gruff â'r graslondeb eithafol a'i nodweddasai erioed. Mwy dig, dryslyd oedd ymateb fy nhad. Mwy dealladwy, mae'n siŵr. Mynnai wybod achos y dallineb. Ni chredai na ellid 'gwneud rhywbeth' i roi ei olwg yn ôl i'w fab. Mynnodd fynd ag o i weld doctor yng nghyffiniau Aberystwyth. Ond ni chafodd nac eglurhad na chymorth wedi mynd yr holl ffordd: dim byd ond cadarnhad mai dall fyddai Gruffydd weddill ei fywyd.

Gydag amser daeth bywyd yn ôl i'w drefn arferol. Byddwn innau wrth fy modd yn chwarae â'm brawd newydd; yn ei fwydo a'i fagu yng nghwmni modryb Sarah tra byddai Mam yn gweithio. Cawn roi help llaw wrth olchi a gwisgo Gruff bob dydd, ac roedd yn ddoli barotach nag y bu Bob erioed. Cysgai'n ddedwydd yn y canol rhwng ei frawd a'i chwaer fawr: tri phen glasddu dan y gwrthban gwyn.

Fe'i cynorthwyais i ddysgu cerdded: ei arwain yn ofalus wrth ei law a'i helpu i deimlo ei lwybr o gwmpas y tŷ, o amgylch y celfi, gan osgoi'r lle-tân. Dysgais eiriau newydd iddo, a gwirioni o'i glywed yn dweud ac yn dynwared. Roedd meddwl y bychan yn siarpach nag eiddo neb ohonom.

Cafodd Bob druan fynd i ganlyn ei fusnes ei hun ar y fferm tra oeddwn innau'n gwneud fy nyletswyddau yn y cartref. Ni soniodd unwaith iddo weld colli'r cacennau mwd a'u heisin mwsog, nac iddo weld eisiau'r te yn yr hen dun.

Ond wedyn, hen un balch fu Bob erioed.

Yn 1910, a minnau'n bump oed a Bob yn bedair, a Gruffydd newydd ddechrau cerdded ac wedi dysgu cyfrif o un i ddeg, cawsom glywed un bore gan fodryb Sarah fod gennym frawd bach newydd. Tuchan a wnaeth Bob, a gofyn am ei frecwast. Tynnu Gruff yn nes ataf a wnes innau.

William a roddwyd yn enw arno. Roedd teulu Tynybraich bellach yn deulu o chwech.

Gwelaf fy mam yn ei gwely dan ddistiau'r llofft fawr. A gwelaf fy nhad yn syllu yn syth i olau'r gannwyll a golwg wedi hurtio arno.

Gwthiaf y drws yn agored. Af trwyddo. Ac af i eistedd at fy mam, ac estyn fy mreichiau i dderbyn yr un bach, yn dalp o famoldeb pum-mlwydd.

Baban iach oedd Wili a chanddo wyneb pinc, crwn. Roedd yn dlws i ryfeddu, a'i wallt a'i amrannau'n dywyll fel y nos. Ond roedd yntau, fel ei frawd, o'r funud y'i bwriwyd i oleuni'r byd, yn gyfan gwbl ddall.

Hen ffermdy Tynybraich.

Teulu Tynybraich (tua 1912):
Rebecca ac Evan Jones, William (rhwng ei fam a'i dad),
Gruff (yn cydio yn llaw Robert a Rebecca).

52

3

Wele'r gauaf a aeth heibio, y gwlaw a bassiodd ac a aeth ymmaith; gwelwyd y blodau ar y ddaear, daeth amser i'r adar ganu: y dydd sydd beunydd yn ymestyn, a'r haul yn mynych ymddangos allan o babell y ffurfafen, ag nid ymgudd dim oddiwrth ei wres ef.

Gwelwch ein llun yn ddu a gwyn: llun teulu Tynybraich yn eu dillad dydd Sul.

Diamynedd yw fy nhad, ei benelin yn onglog a'i draed ar gerdded. Poced ei gôt yn bochio, a'i goler a'i dei yn gam. Hoelion yn amlwg ar wadnau ei esgidiau. Gŵr prydweddol. Ond golwg drist a deallgar a welaf yn ei lygaid wrth iddo gydio yn llaw ei fab ieuengaf, fel petai'n synhwyro terfynoldeb y tynnu llun.

Ystwyth fel helygen yw fy mam sy'n gwyro tuag at y teulu. Llygaid deallus ac addfwyn yn edrych yn uniongyrchol ar y camera, fel petai gyfuwch ag o. Gwisga ei ffrog orau, dywyll, a honno fel petai'n pwysleisio disgleirdeb croen ei hwyneb. Hen froits ei modryb yw'r unig addurn sydd arni; honno, a'i modrwy briodas. Trwch ei gwallt wedi ei dynnu'n ôl yn un don dywyll, a'i gwasg fain ac ongl aflem ei phenelin yn creu siâp diemwnt naturiol. Deil ben William, ei baban; a'i droi at bresenoldeb annelwig y cofnodydd.

Ceriwb rhyw ddwyflwydd oed ydyw yntau, wedi ei ddyrchafu rhwng ei fam a'i dad, a'i wyneb yn grwn a meddal fel y bu erioed. Gwisga ei siwt newydd a'i choler lydan, a choler les dros honno megis adenydd yn ei gynnal yn yr aer. Ei law fach yn dal yn dynn yn angor llaw ei dad. A'i lygaid dall fel petaent wedi troi at ryw gynnwrf yn y coed.

O'i flaen mae Gruffydd yntau yn adenydd y goler les. Siwt dywyll amdano ac arni wregys braf, yn peri iddo edrych fel bonheddwr boliog. Ei freichiau ar led, a'i olygon tuag i lawr, ac yn sefydlog, fel petaent yn edrych i le amgen. Hyderus – cysurlon – yw ei afael yn llaw ei frawd ac yn llaw ei chwaer: cyffyrddiad cyn gadael; rhyw ffarwél. A llaw ei frawd mawr ar ei ysgwydd fel petai'n ceisio'i ddal yn ôl; gohirio'i gychwyn.

Fel rhyw sgweier smart y gwelaf Bob. Gwisga'i siwt newydd, ei goler wen, ei dei-bo, ei wasgod, a'i drowsus dwyn-afalau. Ôl rhedeg a sgrialu a dringo sydd ar ei esgidiau, a'r rheiny, i fod, yn 'shŵs' gorau. Golwg benderfynol sydd arno. Golwg go nodweddiadol. A rhyw her i awdurdod tynnwr y llun yn rheiddio o'i lygaid.

Yn y bwlch cul rhwng fy mam a'm brodyr yr wyf innau, wedi hanner eistedd ar y stôl. Dwy droed ar wasgar wrth i mi geisio gwneud lle i'm brawd a chynnal fy nghydbwysedd ar yr un pryd. Llaw Gruffydd ar fy nglin. Llaw chwith fy mam yn prin gyffwrdd â'm pen. A llaw Wili o'r golwg yn cydio yn fy nhresi hir. Dau ddarn o les o boptu i'r rhesen ganol, fel dau was y neidr a ddaeth i orffwys yn fy ngwallt. Ffrog bin-streip newydd sbon, ac arni goler wedi startsio a phedwar botwm arian: *lady, baby, gypsy, queen* . . . A broits cameo a gawswn ar ôl fy mam.

Ni fûm erioed mor falch. Mae fy hapusrwydd yn amlwg. A chyffro'r digwyddiad yn llenwi fy llygaid: mawredd technoleg y camera; rhwysg y broses; rhyfeddod y canlyniad.

Mae'r llun gennyf o hyd mewn ffrâm wrth y gwely. Fe'i tynnwyd cyn i Gruff gael ei anfon at ein teulu yn Llundain fel y gallai ddod i arfer â sŵn trafnidiaeth a thorfeydd.

Dychwelodd yr un bach gwantan o gorff o brifddinas Lloegr a'i hyder yn ddiysgog, ei natur annibynnol wedi hen ymffurfio.

Flwyddyn yn ddiweddarach, fy nhad sydd i hebrwng ei ddau fab i ysgol ragbaratoi ar gyfer plant dall yn y Rhyl. Mae'r naill yn bump oed a'r llall yn dair a hanner.

Ar doriad gwawr rhyw fore Sadwrn ym mis Medi 1913 dyna ni'n sefyll yn gylch amherffaith ar fuarth Tynybraich. Gruff a Wili â bag yr un ar draws eu hysgwyddau. Ynddo mae eu hanghenion: ambell ddilledyn; sanau; pecyn o fwyd; cadach gwlanen; darn o sebon a chrib.

Cusan gan Mam ar eu boch. Bob yn ysgwyd llaw yn wrol. Minnau'n eu cusanu, ac yn camu o'r neilltu.

Esgynnant i ben y drol ac eistedd y tu ôl i'm tad. Closiant. Cydiant yn nwylo'i gilydd. Ymgynghreiriant. Ni ddaw gair gan fy nhad, ond am huodledd ei gefn mud.

Hwb i'r gaseg, a dyna gychwyn y daith ar draws y buarth, ac i lawr rhiw mynydd Tynybraich. Ni thrônt yn ôl atom yn ein tywyllwch. Beth fyddai diben hynny, a'u holl weld yn deimlo?

Safwn ninnau yn gwylio mudiant y drol trwy las y bore bach. Tair delw lonydd, lwyd yn syllu i wacter y cwm; ac yn syllu ar dair delw arall sy'n pellhau oddi wrthynt.

Diflannant o'n golwg. Ac yn yr union eiliad honno fe'n dellir gan belydryn cyntaf yr haul heibio i ymyl y Ffridd. Mae'n bwrw cysgodion hir y tu ôl i ni.

Trof, a rhedeg i'r tŷ. Ymbalfalaf trwy fy nagrau poeth at fy llofft. A chael cip trwy'r ffenest ar fy mam islaw, yn dal i rythu rhagddi, fel petai'n ceisio amgyffred codiad yr haul.

Anodd yw dechrau ystyried yr hyn yr aeth fy rhieni trwyddo y blynyddoedd hynny. Ni cheid ar ddechrau'r ugeinfed ganrif na nawdd cymdeithasol, na chymorth, na chyngor i'r 'anabl' a'u teuluoedd. Cafodd Rebecca ac Evan Jones, Tynybraich, ar ddeall mai'r unig ffordd i roi addysg gymwys i'r ddau fach fyddai eu gyrru i ysgol arbennig ar gyfer y deillion. Aethant ati'n ddiymdroi i gynilo'u harian prin er mwyn talu am yr addysg honno. Buom yn byw ar nemor ddim am flynyddoedd.

Yn fy llaw yn awr mae hen daleb wedi crino, ac arni'r ysgrifen ganlynol:

Received from Evan Jones Esq. of Dinas Mawddwy the sum of £5 for education of little boys.

A hithau o anian mor famol ac mor fwyn, dangosodd fy mam wrhydri rhyfeddol wrth adael i Gruff a Wili fynd oddi wrthi mor ifanc, a hwythau hefyd yn ddall. Petai ffydd yn iacháu pawb fel yr iachaodd Fartimeus fab Timeus, buan y cawsai meibion Rebecca Jones, Tynybraich, eu golwg yn ôl.

Taith ddiadlam fyddai eu taith at addysg: ac nid Bwlch yr Oerddrws fyddai'r unig fwlch a dramwyent. Âi'r daith â nhw o'n hiaith ni at iaith arall, o'n diwylliant ni at ddiwylliant arall, o'n gwlad ni i wlad arall, ac o'n byd ni unwaith ac am byth. Ni welem hwy eto nes bod yr arallu hwnnw ar waith.

Wedi iddo ddychwelyd o'r Rhyl ddeuddydd yn ddiweddarach, nid ynganodd fy nhad air am ei ddau fab. Credaf i boen y ffarwelio hwnnw ddweud arno am byth.

Rhedid yr ysgol ragbaratoi gan ddwy chwaer ac roedd yn sefydliad cartrefol a chroesawus. Ond oddi yno aeth Gruffydd a Wili i ysgol arall yn Lerpwl, lle y cwynent fod 'y dosbarthiadau'n oer felltigedig, y bwyd yn ddrwg, a'r bobl yn waeth'. O'r fan honno, a'r ddau yn eu harddegau, aethant i berfeddion Lloegr ac i'r *Worcester College for the Blind*: ysgol i'r deillion ar batrwm yr ysgolion bonedd Seisnicaf. Yno dysgasant rinweddau

57

hierarchaeth, disgyblaeth ac annibyniaeth. Dysgasant ystyr *fellow* a *master* a *prep*. Dysgasant am gerddoriaeth glasurol; am gyfoeth llenyddiaeth Ewrop; am hanes gogoneddus Lloegr ynysig. Dysgasant chwarae gwyddbwyll a chanu'r piano. Dysgasant am griced a phêl-droed. Dysgasant am oerfel y *dorm*.

Dysgasant werth gwydnwch a phris hiraeth. Dysgasant fyw heb deulu: heb goflaid mam a thad, heb ofal brawd a chwaer.

Dysgasant addoli yn Anglicanaidd. A dysgasant siarad â Duw – ac â'i gilydd – yn Saesneg ffurfiolaf y dydd.

Deirgwaith y flwyddyn y deuent adref i Ddynybraich: mis adeg y Nadolig, mis adeg y Pasg, a deufis dros yr haf. Fe'u croesewid yn ôl fel petaent y meibion afradlonaf.

Bu'r pedwar mis hynny – traean y flwyddyn – yn ddigon iddynt gadw'u Cymraeg. Ni wn a fu'n ddigon i'w cymodi â'u Cymreictod. Diau i'r ddau fod yn ffon wen i'w gilydd ar y llwybr anwastad rhwng ysgol a chartref.

Ar ôl aberthu cymaint i anfon y bechgyn i'r ysgol, nid oedd unrhyw fodd f'anfon innau a Bob i Ysgol y Sir. Diweddodd ein haddysg ffurfiol yn ysgol Dinas Mawddwy. Dychwelasom i gwm Maesglasau i ennill ein lle.

Yn un ar ddeg oed daeth Bob yn ffermwr anfoddog. Peidiodd y freuddwyd am fynd yn feddyg pan ganodd cloch ysgol y Dinas, megis cnul, am y tro olaf yn ei glust.

Tynnais innau'r casyn pren oddi ar hen beiriant gwnïo *Singer* du ac aur a etifeddais ar ôl fy modryb Sarah, a chychwyn ar fy 'ngyrfa' innau yn wniadwraig: ateb cais hwn a hon am ffrog neu siwt, am drwsio neu altro côt, ac am droi hen ddillad mawr yn ddillad i'r plant. Mwynhawn innau'r gwaith llaw manwl: rhoddai i mi'r llonyddwch prysur sy'n sail i synfyfyrio.

Ond darllenai Bob a minnau'n awchus o hyd, ac aethom ein dau ati'n frwd – dan law cynrychiolydd o'r *Royal National Institute for the Blind* – i ddysgu dehongli *braille*.

Cyfuniadau o chwe dot dyrchafedig yw'r cyfrwng hyfryd a rhyfeddol hwn. Mae iddo drigain a thri chyfuniad posibl. Gan fod Bob a minnau'n dal yn ifanc, a gwaith heb galedu ein croen eto, roedd cnawd ein bysedd yn dal yn feddal, gymwys. Sicrhawn innau fy mod yn gwisgo gwniadur wrth wnïo, i amddiffyn cnawd y mynegfys holl bwysig.

Ni bu'n hir cyn i'r ddau ohonom feistroli ein trydedd iaith, felly; digon, o leiaf, i allu darllen y llythyrau a anfonai ein brodyr atom.

Yn ei arddegau, dysgodd Gruff deipio ar deipiadur arferol, fel y gallai Mam ddarllen ei lythyrau drosti ei hun, a chlywed am hanes ei dau fab yn yr ysgol; hanes a oedd – hyd yn oed wedi degawd o weld a chlywed ei adrodd – mor estron iddi ag erioed.

Ganed pedwerydd brawd Tynybraich, Ieuan, yn 1917. Nid oedd nam o gwbl ar ei olwg.

Un pryd tywyll ydoedd, fel y gweddill ohonom. Cawn innau fagu'r un bach yn aml, am fy mod wrth fy ngwaith yn y tŷ, a Mam mor brysur. Yn absenoldeb Gruffydd a William, dyma faban newydd i mi ofalu amdano. Tyfodd yn blentyn sionc a siarp, a digrifwch o hyd wrth fodd ei galon. Llefarodd ei air cyntaf cyn ei flwydd oed. 'Golau' oedd y gair hwnnw. Dysgodd ysgrifennu a darllen, ond ei hoff weithgaredd oedd tynnu lluniau. Byddai wrthi â'i 'ganfas a'i frwsh' (a wnaed o lechen), o fore gwyn tan nos yn portreadu pobl a phethau Tynybraich.

Tuchan ac ochneidio a wnâi Bob a nhad pan âi'r 'cog bach' dan draed. Nid oedd waeth i minnau egluro mai mynd i ganlyn ei awen yr oedd yr artist.

Nid oedd dim yn well gan Ieuan na chael mynd am dro i Faesglasau, ac i dynnu llun y pistyll ewynnog yn dymchwel i lawr y graig, a murddun trist Maesglasau Mawr a'r coed yn tyfu trwy ei ffenestri, a'r danadl poethion yn lle cynhesrwydd ar ei aelwyd.

Holai'n fynych am ei ddau frawd oedd ymhell i ffwrdd yn yr ysgol, a niwlogai ei lygaid yntau pan ddychwelai Gruff a Wili adref. Ni allai amgyffred sut beth fyddai byw heb weld a thynnu llun.

Fel petai awch a grym llygaid y ddau ddall wedi'u rhoi iddo, byd o weld oedd byd Ieuan yn llwyr.

Tair oed oedd Ieuan pan aned Olwen, yn chweched plentyn teulu Tynybraich. Roedd ein ffiol yn llawn. Gwirionodd Ieuan am nad oedd yn fabi mwyach. Gwirionais innau o gael chwaer am y tro cyntaf. Gwir fod pymtheng mlynedd rhyngom, ond beth oedd hynny rhwng chwaer a chwaer?

Gwnïais ddoli glwt i'r ferch fach: doli benfelen, lygatlas, a chanddi ffrog batrymog a ruban coch yn ei gwallt. Doli bryd tywyll, lygatddu oedd Olwen ei hun.

Tynnodd Ieuan ei llun yn gwenu, yn bwydo, yn cysgu, yn crio, yn cydorwedd â'i doli. Tynnodd lun Mam yn siglo'r crud. Tynnodd lun fy nhad yn ei daldra yn edrych i lawr arni.

Meddyliwn innau am yr amser pan gaem ninnau ein dwy gydchwarae; cydsgwrsio; cydrannu cyfrinachau; cyd-ddarllen; cydwnïo a chydgoginio. Cael bod yn gyfeillesau fel y bu Mam a modryb Sarah.

Ofer oedd y meddyliau hynny.

Bu farw Olwen Mai yn bythefnos oed. Mis Mai y'i ganed a mis Mai y bu farw. Do, parhaodd bwtsias y gog yn hwy na hi. Fe'i cofiaf yn awr yn gorwedd yn llonydd ac yn llwyd ym mreichiau fy mam. Ninnau'n syllu ar ei hwyneb bach, ei thrwyn smwt a'r llygaid tywyll na chawsai eto'r cyfle i weld yn iawn.

Rhoddwyd arch i'w hamgáu: arch nad oedd yn fwy na hyd braich.

Gwrthododd doethion y capel adael inni gladdu Olwen yn gyhoeddus am na chawsai ei bedyddio, ac un

61

henadur brwd yn mynegi'i farn mai yn syth i uffern yr âi'r un fach. Wedi machlud yr haul y gorfu i ni fynd at y fynwent. Claddwyd mewn cyfnos un na chawsai eisoes weld digon o olau dydd.

Ni thywyllodd fy nhad mo ddrws y capel wedyn, a dim ond o barch i Gristnogaeth ddefosiynol fy mam yr awn innau. Ni allwn lai na rhyfeddu at ei ffydd ddiysgog hi. Ni ddangosodd erioed arlliw o chwerwedd na hunandosturi.

Presenoldeb Ieuan bach, nid absenoldeb Iesu Grist, a'm cadwodd i rhag tywyllu fy ngolwg ar y byd. Ond gwarafun inni hynny, hyd yn oed, a wnaeth y 'Brenin Mawr' yr ymddiriedai fy mam gymaint yn ei gyfiawnder.

Dweud stori am anturiaethau'r Gwylliaid wrth Ieuan yr oeddwn un min nos: un o benodau'r epig fawr am arwyr y Dugoed a âi'n fwyfwy ffansïol bob nos. Daethai Ieuan i gredu y clywai cyn hir gnoc un o'r Cochion ar ffenest ei lofft, a chais am ei gefnogaeth i orchfygu'r Barwn Owen a thwyllo gwŷr y gyfraith.

Heno, ni wrandawai Ieuan mor astud. Roedd ei lygaid yn bŵl a gwrid anghyffredin ar ei fochau. Gosodais fy llaw ar ei dalcen a gweld bod gwres uchel arno. Brysiais i lawr y staer i ddweud wrth fy mam. Daeth hithau â photes iddo. Ni fynnai yntau fwyta.

Gwanychodd Ieuan dros y dyddiau nesaf. Ceisiem ninnau bob ffordd i leddfu ei boen, i dynnu'r gwres o'i gorff, a dod â'r wên barod yn ôl i'w wyneb. Argymhellodd y meddyg ei lapio mewn plancedi gwlân a'i roi i orwedd o flaen tanllwyth o dân er mwyn chwysu'r clefyd ohono.

Dirywiodd ei gyflwr yn enbyd un noson. Trodd y gwres yn dwymyn. Crynai a chwysai ar yr un pryd, ac roedd lliw fel drychiolaeth ar groen ei wyneb.

Cychwynnodd fy nhad yng ngolau'r lleuad i ymofyn y doctor o'r Dinas. Yn nhafarn y Llew Coch y daeth o hyd iddo o'r diwedd. Yn anfoddog y gadawodd y meddyg ei sedd.

Cofiaf y meddyg yn cyrraedd ac yn baglu ar y trothwy. Roedd ymhell o fod yn sad ar ei draed, ac roedd ei lais yn floesg. Ond barnodd fod yr amser yn gymwys i roi llawdriniaeth ar wddw Ieuan. Yr ymdrech olaf i drechu'r diptheria.

Ni lwyddwyd, beth bynnag yr amcan.

Wrth i'r wawr dorri, cofiaf i Ieuan droi ei ben i edrych arnom, fel petai am i ni fod yn wrthrych olaf ei weld. Cofiaf i nhad droi ymaith.

Ar ei ben-blwydd yn bump oed y bu farw Ieuan, yr arlunydd bach.

Gwnâi'r ddau frawd o gwm Maesglasau gynnydd da yn y *Worcester College for the Blind*. Rhoes Gruffydd ei fryd ar fynd yn weinidog. Tua diwedd ei gyfnod yn yr ysgol, ac yntau'n tynnu at y deunaw, gwnaeth gais am le yng Ngholeg Bala-Bangor. Soniodd am ei fagwraeth gynnar yn Nhynybraich, am draddodiad ei deulu, am ei addysg yng Nghaerwrangon, am ei holl gymwysterau, ac am ei ddallineb. Ysgrifennodd yr Annibynwyr yn ôl ato yn ddi-oed yn gwrthod ei gais.

Ar sail disgleirdeb ei waith yn yr ysgol derbyniwyd ei gais i astudio hanes ym Mhrifysgol Bryste. Yno, dan gymhelliad un o'r darlithwyr hanes, dechreuodd rwyfo a bocsio er mwyn cryfhau ei ysgyfaint gwan. Rhwyfodd, bocsiodd, astudiodd, llwyddodd gyda'r un dycnwch a'i nodweddasai erioed.

Ar ôl graddio yn 1933 cafodd le ym mhrifysgol Rhydychen i astudio diwinyddiaeth, a'i fryd bellach ar fynd yn ficer Anglicanaidd. Bu hwn yn gyfnod hapus iddo. Caem yr argraff o'i lythyrau ei fod yn mwynhau pob munud yno, ac yn ymdopi'n rhyfeddol â phrysurdeb a bwrlwm 'dinas y tyrau breuddwydiol'.

Mwynhâi Gruffydd ei waith. Roedd o natur yn ŵr a werthfawrogai drefn, ac ymgomio ffurfiol, bwriadus.

Cydnaws ag amgylchedd cyfarwydd yr ysgol yng Nghaerwrangon oedd bywyd 'boneddigaidd' y coleg yn Rhydychen. Roedd iddo ffiniau pendant: yn ddaearyddol, yn gymdeithasol, ac yn addysgol. Y cwadiau caeedig; y gerddi cymesur; natur hunangynhaliol y degau colegau. Roedd iddo drefn ddyddiol a ymylai ar fod yn fynachaidd: brecwast, cinio a swper gyda chymdeithion yn neuadd y coleg â'i nenfwd uchel; pawb yn eu gynau duon; bendith mewn Lladin cyn pob pryd; a'r tymhorau diffiniedig – *Michaelmas, Hilary, Trinity* – a phob un yn wyth wythnos rifedig o hyd.

Roedd i'r bywyd hwn gysondeb a disgyblaeth a hierarchaeth – boed hynny yn y sesiynau tiwtorial mursennaidd yn *rooms* panelog y meistri, neu yn nhrefn eistedd yr eglwys ar y Sul, neu yng nghyfarfodydd swnllyd y *junior common room*, neu yng nghystadlaethau swnllyd y timau rygbi, criced, rhwyfo ac athletau.

Yn anad dim, daeth Gruffydd i gysylltiad am y tro cyntaf â chymheiriaid a chyfoedion o Gymry. Cynhclid gwasanaeth Cymraeg yng nghapel Coleg Mansfield bob bore Sul, yn dilyn y gwasnaeth Saesneg, a deuai nifer o'r myfyrwyr Cymraeg i hwnnw. Nid aeth Gruffydd i gyfarfodydd cangen newydd Plaid Genedlaethol Cymru yn Rhydychen – roedd eisoes yn ormod o Brydeiniwr i hynny – ond ymunodd yn syth â Chymdeithas Dafydd ap Gwilym, cymdeithas Gymraeg Prifysgol Rhydychen.

Ysgrifennodd atom yn sôn am 'y Dafydd', fel y'i gelwid; am ei sefydlu gan wŷr tra nodedig ddiwedd y bedwaredd ganrif ar bymtheg: rhai megis Syr John Rhŷs, Syr John Morris-Jones a W. J. Gruffydd. Ymfalchïai mai hon oedd cymdeithas ail hynaf y brifysgol, a bod Cymdeithas Dafydd ap Gwilym yn dathlu hanner canmlwyddiant ei bodolaeth tra oedd ef yno. Fe'i hetholwyd yntau i swydd freintiedig yr 'arch-arogldarthydd', swydd dra allweddol, mae'n debyg, yn seremoni dderbyn gyfrin y gymdeithas.

Cynhelid eisteddfod i'r aelodau unwaith y flwyddyn. Broliodd Gruff iddo ennill y gystadleuaeth cyfansoddi limrig unwaith: pinacl ei yrfa lenyddol. Un o uchafbwyntiau'r flwyddyn i wŷr ifanc 'y Dafydd' oedd mynd ar byntiau – neu'r 'ysgraffau' fel y'u gelwid ganddynt – ar hyd afon y Cherwell, a mynd am bryd o fwyd wedyn yn y *Cherwell Arms*.

Hanes rhyw ddynion a gaem gan fy mrawd yn dragywydd. Hanes ei gymdeithion ffraeth yn 'y Dafydd', a nifer ohonynt – megis y gwleidydd a'r cenedlaetholwr, Gwynfor Evans; yr athronydd, J.R. Jones; y nofelydd, Pennar Davies; a'r hanesydd, Hywel D. Lewis – yn dod yn ffigyrau blaenllaw ac adnabyddus yng Nghymru yn ddiweddarach. Hanes ei gymdeithion smala, bachgennaidd yn y coleg. A hanes darlithoedd ysbrydoledig hwn a hwn, a thiwtorials disglair y llall a'r llall. Dynion i gyd.

Nid oedd merched fel petaent yn bod yno. Diau bod ym Mhrifysgol Rhydychen gryn nifer o fyfyrwragedd yn ystod y 1930au, ond rhan fechan ac ymylol a chwaraeent ym mywyd y brifysgol, yn ôl a welwn i, heb iddynt fawr o arwyddocâd yng ngwŷdd eu cymheiriaid gwrywaidd. Ni châi merched fod yn aelodau o Gymdeithas Dafydd ap Gwilym, yn sicr, ac ni newidiodd hynny, mae'n debyg, hyd ddiwedd y chwedegau.

Atgyfnerthwyd yr ymwybyddiaeth hon pan euthum yno gyda Bob ar y trên. A ninnau wedi darllen hanes cythryblus Rhydychen mewn llyfr a anfonasai Gruffydd atom, cyffro oedd cael mynd ar y trên i weld ein brawd a'i goleg.

Ni'm siomwyd gan bensaernïaeth odidog y brifysgol: llyfrgell y Bodley, llyfrgell y Radcliffe Camera, a theatr gron y Sheldon a gynlluniwyd gan Christopher Wren. Y colegau o garreg aur, a haul y bore yn peri iddynt loywi yn erbyn yr awyr las. Clywed parablu'r myfyrwyr hyd y strydoedd a brygawthan y darlithwyr. Gweld y beiciau dirifedi oedd yn bla du, olwynog hyd strydoedd y ddinas.

Gresynwn na allai Gruffudd weld harddwch allanol ei brifysgol.

Ond ni chefais innau ychwaith weld y tu hwnt i furiau aur y colegau. Fe'm gwaharddwyd rhag mynd y tu hwnt iddynt – am fy mod yn ferch.

Bu'n rhaid dibynnu ar ddisgrifiadau di-ffrwt Bob o'r hyn a welsai, ac o'r bwyd a gawsai dan drawstiau'r neuadd, tra oeddwn innau'n swpera mewn caffi ar Stryd y Broad.

Teimlwn siom a rhwystredigaeth yn cnoi y tu mewn i mi. Mae'n deimlad a fynegwyd yn gofiadwy gan Virginia Woolf pan gafodd hithau ei hel oddi ar lawnt golegol. Cofiai am y porthor yr oedd braw a digofaint yn glir ar ei wyneb. Meddai hi: 'Dyma'r gwair; dacw'r llwybr. Y cymrodyr a'r ysgolheigion sydd i ddod yma; ar y graean y mae fy lle i.'

Wedi gadael Rhydychen, ordeiniwyd Gruffydd yn eglwys gadeiriol Southwark yn Llundain yn 1937, ac aeth yn ficer yn ardal Kennington. Arhosodd yn Llundain trwy alanastra blynyddoedd cyntaf yr Ail Ryfel

Byd. Ac yntau ar gyrraedd ei eglwys un bore Sul cafodd ar ddeall nad oedd yr eglwys yno mwyach. Roedd wedi ei dymchwel gan fom. Yn 1942, a'i deulu yn Nhynybraich wedi bod yn poeni amdano, gadawodd Lundain am ardal y Gororau. Rhoddwyd bywoliaeth eglwys Llanandras iddo gan Esgob Henffordd.

Buan y daeth ei dro i fedyddio ei blentyn cyntaf, fel y soniodd wrthym mewn llythyr. Yn ei nerfusrwydd daliodd y plentyn â'i ben i waered, a chychwyn bedyddio ei draed yn hytrach na'i dalcen. Daeth llef o'r dorf – 'y pen arall!'- a bu'n rhaid bedyddio'r baban am yr eildro. Tybiai Gruffydd ei fod wedi rhoi 'dwbwl fesur o ras' i'r plentyn hwnnw.

Yn Llanandras y cyfarfu â Christine, a'i phriodi yn 1946. Cawsant dri o blant: Richard, Elizabeth a Hugh.

Yn yr un flwyddyn â'i briodas cafodd Gruffydd fywoliaeth dwy eglwys mewn pentrefi o'r enw Little Marcle a Preston yn swydd Henffordd. Yno y bu'n ficer weddill ei oes.

Ardal o dir ffrwythlon, cyfoethog oedd yr ardal hon. Ardal tyfu hopys yn bennaf. Ond roedd yno gnydau toreithiog eraill, ac âi Bob a'i gyfeillion yno o Ddinas Mawddwy adeg cynhaeaf i ymofyn afalau. Mawr fyddai miri'r tripiau hynny. A mawr fyddai cyffro eu dychwelyd yn llwythog o afalau Edenaidd y Gororau a fyddai'n gynhaliaeth felys drwy'r gaeaf yng nghwm Maesglasau.

Anaml y dychwelai Gruff i Dynybraich. Pan ddeuai, i'r parlwr yr aed ag ef gan Mam bob tro. Roedd ei ymarweddiad fel petai'n gofyn hynny. A thybiai hithau, efallai, mai'r parlwr anghyffwrdd oedd fwyaf cydnaws â gofynion un oedd yn berson.

Nid oedd Bob mor barchedig ofnus. Byddai yntau a Gruff yn dadlau'n aml. Wedi'r cyfan, roedd y naill yn Llafurwr a'r llall yn Dori. Y naill yn Undebwr a'r llall yn ŵr y sefydliad. Y naill yn Annibynnwr Cymreig a'r llall yn Anglican Seisnigedig. A'r dadlau, felly, yn anochel, er na fyddai byth yn parhau'n hir.

Byddai gan Bob yn wastad ryw stori grafog i'w hadrodd yng ngŵydd ei frawd am gamweddau llwgrwobrwyol yr eglwys sefydledig. Un ohonynt oedd y stori am berson Mallwyd gynt yn addo gwobr i'w braidd yn y byd a ddaw. Er mwyn tynnu dŵr o ddannedd ei gynulleidfa ncwynog – yn llythrennol, mae'n rhaid – fe addawodd iddynt unwaith 'dymplen fawr iawn, ie tymplen fawr – fwy hyd yn oed na Chae Poeth'. Ysgydwai Bob gan chwerthin wrth ddweud y stori hon; chwerthin gymaint nes y câi drafferth adrodd yr ergyd.

Mynnai Gruff yntau, yn wyneb dirmyg ei frawd, mai adfer hen grefydd teulu Tynybraich a wnaeth pan drodd at yr eglwys, gan ymgysylltu â hen Gymry'r cyfnod cyn Ymneilltuaeth.

Roedd hyn fel petai'n gysur iddo yn ei ddieithrwch.

Daeth i bregethu yn eglwys Mallwyd unwaith pan oedd yn giwrat. Synnwyd cynulleidfa hen eglwys John Davies o weld 'cog bach' eiddil Tynybraich wedi tyfu'n ddyn porthiannus, ac yn darllen yn groyw ac yn uchel o sgript ei Feibl *braille*. A'i Saesneg fel Saesneg y brenin.

Ond ffurfiol yn yr un modd oedd ei Gymraeg, yn frith o elfennau fel 'yr wyf', 'y mae', 'megis' ac 'oblegid'. Cymraeg y Beibl a siaradai. Yn wir, mae'n siŵr mai'r 'llyfr mawr' a gadwodd ei Gymraeg iddo. Wedi'r cyfan, gadawsai Dynybraich pan aeth i Lundain yn dair a hanner, ac wn i ddim a ddaeth Gruff yn ei ôl go-iawn erioed.

Dod adref i Dynybraich i fyw a wnaeth William ar ôl gadael yr ysgol, a chychwyn ar ei yrfa yn olygydd a chopïydd testunau *braille* yr RNIB. Cawsom ninnau'r cyfle o'r diwedd i ddod i adnabod ein brawd yn well. Câi Mam foddhad mawr o ofalu amdano. A châi Wili, yn ddeunaw oed, dderbyn y gofal mamol y gwnaethai hebddo ers bron i bymtheng mlynedd.

Nid hawdd fu iddo yntau orfod ymgyfarwyddo â byw ar y fferm eto. Daeth ag elfennau ei addysg yn Worcester yn ei ôl gydag o i Dynybraich, yn gymorth i ymgyfeirio. Gwnâi ymarfer corff bob dydd, gan gerdded o fuarth Tynybraich at Lidiart y Dŵr, ac yna'n ôl. Cerdded yn ôl ac ymlaen yn ddi-baid am oriau ar ôl ei ginio a chyn mynd i ymofyn ei de. Megis rhyw bererin a ffiniau ei nod yn anweledig, cerddai ei lwybr yn feunyddiol, fwriadol, a throi ar ei sawdl yn yr un lle – i'r fodfedd – bob tro.

Rhaid fyddai gwylio popeth a wnaem ar y ffordd i Faesglasau rhwng amser cinio ac amser te, rhag styrbio Wil a'i *exercises*. Gwae ni pe gadewid llestair ar ei lwybr. Collai yntau ei limpyn yn lân, a'i hoff lw – *botheration!* – yn cael ei ailadrodd megis pader flin. Roedd y balchder personol a etifeddasai gan deulu ei dad, ynghyd â defosiynoldeb ei fam, yn gwneud pob baglu a phob methiant yn ddarostyngiad cas.

Ond daeth dau frawd i Dynybraich yr adeg honno. Yn 1927, flwyddyn cyn dychweliad Wili, ganed Lewis, yn blentyn olaf i Rebecca ac Evan Jones a hwythau'n tynnu at eu hanner cant. Roeddwn innau'n ddwy ar hugain oed pan aned fy mrawd ieuengaf; yn ddigon hen i fod yn fam iddo.

Gallai Lewis weld. Gwelodd lesni caeau cwm Maesglasau. Gwelodd y nant yn llifo trwyddynt. Gwelodd liwiau'r blodau yn y cloddiau, a lliwiau cyfnewidiol y coed. Gwelodd yr haul a gwelodd y lloer. Gwelodd y dydd a gwelodd y nos.

Ond roedd ei weld yn wan – ac yn gwanhau.

Fel Ieuan gynt, byddai Lewis yntau wrth ei fodd yn mynd am dro i Faesglasau. Awn innau gydag o; yn anfoddog yr âi fy mam at flaen cul y cwm ac at gysgod gorthrymus y graig.

Byddwn wrth fy modd yng nghwmni difyr, breuddwydiol a huawdl Lew bach yn ei sbectol pot-jam. Nyni oedd debycaf i'n gilydd o holl blant amryfath Tynybraich. Credaf fod yr un elfen greadigol gref ynom, ynghyd â rhyw ysu ysbrydol.

Hoffai Lewis fynd i Faesglasau ar ei ben ei hun hefyd, er mawr bryder i Mam. Hoffai eistedd ar lan y nant a thaflu carreg iddi, gan wrando ei sŵn yn taro'r dŵr, a sylwi sut yr oedd y sŵn yn wahanol bob tro. Hoffai eistedd ym murddun Maesglasau Mawr a dychmygu'r mynachod mythaidd yn myfyrio, yn cyfathrebu â Duw yn sŵn llif y dŵr. Hoffai eistedd yng Nghae'r Ddôl, a dychmygu prysurdeb y cynhaeaf ŷd gynt, pan oedd y murddunnod oll yn dai annedd a Maesglasau'n cynhyrchu digon o ŷd i borthi cwm Mawddwy, yn ôl y sôn. Hoffai eistedd ar lechwedd uwch y nant, gan wrando chwiban iasol y gylfinir a oedd fel petai'n nodweddu'r fan. A phan glywai hi, rhedai Lewis nerth ei draed mewn ofn, o orffennol Maesglasau yn ôl i bresennol Tynybraich.

Ond nid oedd atal y dirywiad yn ei olwg. Daeth ei dro yntau i gael ei yrru i ffwrdd i'r ysgol.

Fore'r Sadwrn hwnnw yn nechrau mis Mehefin diflannodd Lewis. Nid oedd golwg ohono yn unman, er galw a gweiddi a chwilio pob clawdd a chilfach yn y cwm.

Yn gorwedd ar ei hyd ar lechwedd uwchben y tŷ y deuthum o hyd iddo, yng nghanol bwtsias y gog. Ei wyneb wedi ei fwrw i bersawr a phaent atgofus y blodau, a dagrau'n powlio i lawr ei ruddiau.

Gorweddais innau wrth ei ymyl. Rhoi fy mraich amdano. Holi beth oedd yn bod. Gwasgodd yntau'r blodau at ei lygaid. Aroglodd y glas. Ac eglurodd wrthyf mai dyma'r tro olaf yn ei fywyd y gwelai hyn.

Chwech oed oedd Lewis pan fu'n rhaid iddo wynebu'r sylweddoliad hwnnw. Trwy las y bwtsias ar lechwedd yng nghwm Maesglasau, edrychodd i fyw llygad dallineb. A gwelodd y glas yn troi'n llwyd o'i flaen.

Gadawodd Lewis *Worcester College* yn feistr ar ganu'r piano a chwarae gwyddbwyll, wedi ymdrwytho yn yr iaith Ffrangeg a'i llenyddiaeth, ac yn garwr barddoniaeth a Bach. Aeth i astudio'r gyfraith yng ngholeg prifysgol Cymru, Aberystwyth, ond gadawodd yn fuan, a mynd i Goleg Bala-Bangor i astudio'r ddiwinyddiaeth a gafodd ei gwarafun i'w frawd.

Buan y sylwodd ei gymdeithion ar ei hiwmor sych, a'i allu i dderbyn ei bryfocio. Mewn cyfarfod yn yr ystafell gyffredin, cynigiodd un o'i gyd-fyfyrwyr y dylid penodi Lewis yn 'brif ddaliwr llygod mawr' y coleg. Chwerthin mawr. Ond tynnodd Lewis y gwynt o hwyliau'r cyfaill:

'Iawn,' addawodd. 'Mi ddalia i bob un a wela i.'

Cyfarfu â Rachel pan aeth i weithio yn deleffonydd yn y Weinyddiaeth Lafur yn Nottingham. Priododd y ddau, ac ymgartrefu yn y ddinas honno. Cawsant dri o blant: Isobel, Bronwen a Dominic.

Daeth Lewis yn rhaglennydd cyfrifiadurol ym mhrifysgol Nottingham. Ac yn yr un modd ag y daeth i arfer â llethrau a phantiau a daeardorrau ei gwm genedigol, ymdopodd Lewis â byw mewn dinas brysur, a'i thrafnidiaeth, a'i phalmentydd pantiog, a'i phobl ddiamynedd.

Chwarddai'n braf wrth sôn am y tro hwnnw yr arhosai am fws i'w gludo i ganol y dref. Clywodd ru'r bws yn dod, estynnodd ei ffon wen i'w atal, a gofyn am diced i ganol y dref.

Nid hwn oedd y bws, meddai'r gyrrwr wrth ei gwsmer dall:

'*You need the green bus, mate.*'

A gyrrodd ymaith.

Sŵn y ddinas a'i styrbiai fwyaf. Arferai ddweud y byddai'n cau ei glustiau yn Nottingham, a dim ond yn eu hagor eto pan ddychwelai i Dynybraich. Yno, câi adael i sŵn ei gyrraedd eto: sŵn trydar yr adar; sŵn y nant yn llifo.

Deuai adref yn aml. Hyfryd i mi oedd cael cwmni enaid hoff, cytûn. Hyfryd i mam fyddai cael 'Lew bach', ei chyw melyn olaf, yn ôl yn y nyth eto.

Bob a minnau a âi i'w ymofyn oddi ar y trên yng Nghemaes Road, a'i yrru hyd y ffyrdd cyfarwydd adref. Byddai swper Lewis bob tro yn barod iddo ar y bwrdd, a'r un wledd yn ddieithriad: dau wy wedi'i ferwi. Yr un fyddai'r drefn wedi ei ddyfodiad: mam yn gosod ei hun i eistedd o flaen Lewis, ac yn rhoi'r wy yn ei geg. Yntau'n eistedd yn llonydd yn derbyn y maeth ganddi.

Y ddefod hon – swper cyntaf Lewis ar ddechrau pob ymweliad – oedd ffordd Mam, mae'n debyg, o groesawu ei ffefryn ati eto.

74

Crwydrai Lewis hyd y cwm fel pe na bai ei ddallineb yn mennu arno. Byddai'n mynd i Ddinas Mawddwy i weld ei gydnabod; mynd am dro i'r ffair pan ddeuai honno, ac i'r sioe flynyddol. Hyn, rywsut, heb lestair yn y byd. Âi am dripiau ar gefn moto beic gydag Idris Puw, ac i chwarae gwyddbwyll gyda Morris Roberts, person Mallwyd. Synnai hwnnw at allu Lewis i adael gêm o wyddbwyll ar ei hanner gan ddychwelyd ati wythnos yn ddiweddarach, yn dal i gofio safle pob esgob, brenin, brenhines, a march . . .

Y golwg diffygiol, rhyfeddai'r ficer, wedi cryfhau'r cof.

Eto, cyfeiliornus fyddai haeru i Lewis ymgymodi â'i ddallineb. Dywedai'n aml y rhoesai'r byd am gael gweld mynydd Tynybraich eto, ac am gael gweld wynebau ei deulu. Yn wir, hwyrach mai Lewis – o'r tri brawd – a ymgymododd leiaf â'r diffyg ar ei olwg. Echel ei fyd oedd ei awchu gweledol, a hwnnw'n troi ar ei gof am arogl y glas.

Nid yw'n syndod, felly, mai un o'i hoff weithgareddau oedd cael gweld trwy lygaid eraill. Gwrando disgrifiadau gweledol: disgrifiad o olygfa, dyweder, neu wyneb, neu ddarlun. A'u dychmygu – dan awen ei gof cynnar – drosto ei hun.

Cofiaf yn dda eistedd wrth ei ymyl un dydd ar garreg drws Tynybraich, ac yntau'n gofyn:

'Dwed wrtha i rŵan be weli di.'

Minnau, yn fy ffolineb, yn gweld dim arbennig o'm

blaen ac yn dweud, 'dim byd'. Sylweddolais yn syth i mi ymateb yn fyrbwyll, a chywilyddio, gan fynd ati i ddisgrifio'r olygfa o'm blaen yn boenus o fanwl.

Câi Lewis fodd i fyw o gymharu disgrifiadau hefyd, ar ôl gofyn i ddau wahanol ddisgrifio'r un gwrthrych. Nodai ym mha fodd y gwahaniaethent. Sylwai ar bwyslais gwahanol yn y ddau ddisgrifiad. Pendronai paham. Defnyddiai olwg ei gymdeithion i ddod i'w hadnabod yn well.

Byddwn innau wrth fy modd yn sgwrsio â Lewis ar ei ymweliadau â Thynybraich, megis y byddai Bob a Gruff wrth eu boddau'n dadlau. Sgwrsio tan oriau mân y bore, weithiau, a marwor y tân yn taflu gwrid ar ei wyneb. Sgwrsio am lenyddiaeth, am gelfyddyd, ac am grefydd.

Yn ystod un o'r sgyrsiau hynny y soniodd Lewis wrthyf am ei benderfyniad i droi at Gatholigiaeth. Soniodd am ei hoffter teimladol o Ymneilltuaeth: yr ysgol Sul; y canu cynulleidfaol; ei chysylltiad â Chymreictod ac â'i fagwraeth. Ond soniodd hefyd am ei angen am ddogma ddiysgog nas câi yn y capel.

Anodd iawn oedd iddo dorri'r newydd wrth y teulu. Tawelwch llethol fu ymateb Bob, er y gwn iddo yntau fyfyrio llawer uwch penderfyniad ei frawd. Deallai fy mam, meddai hithau, ymlyniad y Catholigion wrth y Forwyn Fair; ond roedd elfennau eraill yn nysgeidiaeth eglwys Rhufain yn peri dryswch a phenbleth iddi. Eto, fel y mynnodd wrthyf droeon, 'i'r un lle yr yden ni i gyd yn mynd'. Trefn go dyner oedd trefn fy mam.

Arlunydd – peintiwr dall – yw Lewis heddiw. Er rhyfedded hynny, nid yw'n syndod. Wedi iddo ymddeol dechreuodd fynychu dosbarthiadau arlunio. Mynd ar y trên o Nottingham i Gaerlŷr bob wythnos i dderbyn hyfforddiant gan wraig o'r enw Rachel Sullivan a arbenigai yng nghrefft peintio ar gyfer y deillion.

Dyma gelfyddyd hynod. Celfyddyd defnyddio lliw a marciau ar ganfas. Celfyddyd weledol nas gwelir gan ei chreawdwr.

Eto, pwy a wyddai'n well na Lewis am ystyr lliw?

Ar ganfas y peintiwr dall mae i bob marc ei fynegiant: marc trist; marc dig; marc hapus; marc breuddwydiol. Daw ystyr y marc o ogwydd y brwsh. A daw cyfuniad y lliw a'r marc yn briod-ddull grymus, unigryw.

Celfyddyd haniaethol sydd wrth fodd Lewis. Fe'i hysbrydolir yn aml gan ddarn o farddoniaeth – soned gan Shakespeare, cerdd gan Shelley a Keats, a barddoniaeth ei gydwladwyr, Dylan Thomas ac R. S. Thomas. Mynegiant yw'r darlun o'r teimlad a ysgogir gan y farddoniaeth.

Un o'i hoff ddarnau yw'r llinellau hyn o eiddo William Blake:

He who bends to himself a joy
Dost the wing of life destroy.

Yn y darlun a ysgogwyd gan y llinellau hyn gwelir aderyn paradwys yn hedfan o'r dwyrain i'r gorllewin.

Mae yn y llun gae sy'n llawn o bob math o flodau, a ffigwr y bardd, John Clare, yn eu mysg. Mae ffurf braich yn estyn tuag at yr aderyn, yn ceisio cael gafael arno. Yng ngogledd y llun mae darluniad o'r chwyldro diwydiannol a roes fod i ddinas Nottingham.

Bum mlynedd yn ôl enillodd Lewis wobr Ewropeaidd am un o'i baentiadau. Aeth i Lwcsembwrg i dderbyn ei wobr, ac i arddangos ei lun. Hunanbortread ydoedd: mynegiant haniaethol o'i berthynas â'i fyd.

Ar un ochr i'r darlun mae patrwm wedi ei beintio â'r bysedd. Mynegiant o deimlo a chyffwrdd sydd yma, a hwnnw'n cynrychioli'r ffordd y mae Lewis, ac yntau'n ddall, yn ymwneud â'r byd o'i gwmpas. Ar ochr arall y darlun ceir argraff o fynydd, ac afon yn llifo i lawr ohono. Ar lan yr afon cynrychiolir Lewis ei hun, ac yntau'n teimlo carreg o furddun Maesglasau yn ei law, cyn ei thaflu i'r dŵr a gwrando ar ei sŵn. Mae'r haul melyngoch yn disgleirio yn yr awyr, fel y cofiai Lewis o. Heb fod ymhell o'r haul mae cwmwl tywyll: cwmwl ei ddallineb, a'r cwmwl sy'n bygwth ei ddiwylliant Cymraeg.

Syndod mawr i Lewis oedd derbyn y wobr. Gwenodd yn ei anghredinedd, a'i hiwmor sych yn gwerthfawrogi eironi campau'r peintiwr dall.

Ond gwn ei fod, fel Ieuan o'i flaen, yn caru arlunio yn fwy na dim. Yn y gweld amgen a ddaeth yn sgil ei ddallineb y canfu Lewis, fy nhrydydd brawd dall, un ystyr ei fod.

78

Bob yn cneifio.

Ar y ffordd o Lidiart y Dŵr.

4

*Y tymmor cynhauaf, yn ôl tyb a thystiolaeth llawer
o'r doethion, yw'r hynod amser hwnnw ar y flwyddyn
ym mha un y creawdd Duw'r byd . . . Dyma'r pryd y
mae efe yn gwneuthur gwlêdd ir holl fyd, gan hilio ei
fwrdd a danteithion rhagorol o bob math, i ddiwallu,
sirio, a llonni ei greaduriaid, y rhai sy'n disgwyl
wrtho am ei bwyd yn ei bryd.*

Aur yn fy nghof yw dyddiau'r cynhaeaf gwair. Aur, am
fod y dyddiau hynny'n galed a chyfoethog. Aur glas y
gwair yn yr ystod. Aur mydylau, heulogod a thasau. Aur
y daflod a'r cowlas, ac aur yr adladd.

Dawn segur i mi fyddai dawn chwedlonol Sili-go-dwt
o droi gwair yn aur.

Y cynhaeaf oedd yr adeg brysuraf ar y fferm. Ac adeg
gweddïo ar i Ragluniaeth beidio â diwel ei gwawd
arnom yn rhith glaw.

Cafwyd cynacafau llaith, yn sicr, a glaw megis
dagrau'n bwrw ar bob cae. Ond anweddodd y lleithder
yn nhywyniad yr aur yn fy nghof.

Ar y diwrnod di-law etholedig, gorymdeithiai'r gwŷr
i'r caeau a'r pladuriau trymion ar eu hysgwydd, megis
bidogau cam, yn siglo i'w cerddediad. Lleddid y gwair
yn dawel, a rhythm llafnau'r pladuriau'n gyson a chytûn.
Defod ddwys, rywsut, oedd lladd gwair yr haf.

Fe'i gadewid wedi'r lladd yn ystodau cyfochrog i sychu yn yr haul. Diwrnod neu ddau ar yr ochr gyntaf. Yna, awn innau a Mam ati â chribin i droi'r gwair. Ein dawn ni oedd ei droi'n fanteisiol: gosod y gribin dano, plwc sydyn ar yr arddwrn, a'i daflu din-dros-ben nes y glaniai wyneb i waered yn ôl yn ei le. Wedyn gadael ochr arall y gwair i sychu'n yr haul. Diwrnod neu ddau a gymerai hynny.

Gwasgaru'r gwair a ddeuai nesaf: mynd ati â phicwarch i ddatod y caglau llaith. Roedd yn hanfodol i'r gwair sychu'n drwyadl. Llwydo a chwerwi a wnâi fel arall, a dod yn dda i ddim yn fwyd i'r anifeiliaid trwy'r gaeaf.

Wedi'r sychu rhaid oedd hel y gwair. Hyn oedd calon y cynhaeaf i mi, pan oedd holl ffermydd Dinas Mawddwy'n cydweithio. Pawb yn hel gwair yn eu tro, a phawb yn helpu'i gilydd. Dwsin . . . pymtheg . . . ugain o weithwyr y fro wrthi'n cydweithredu.

Gwaith llafurus ydoedd, a phob argoel glaw megis chwip ar gefn caethwas. Casglu'r ystodau'n fydylau, sef pentyrrau bychain o wair a ffurfid fel na threiddiai dŵr y glaw yn ormodol trwyddynt; heulogod y gelwid pentyrrau'r hindda. Cludo'r mydylau a'r heulogod wedyn ar bicwarch at y das fawr yng ngwaelod y cae. A chludo'r tasau fesul un at y drol. Honno a gludai'r cyfan i'r daflod a'r cowlas.

Braint y plant oedd dringo i uchelfannau'r drol i 'sengid' pob tas: sathru a phwyo'r gwair er mwyn cywasgu'r llwyth. Neidio a sboncio hyd-ddo. Cwympo'n bendramwnwgl i'r pigogrwydd cynnes, puprog. Rhwng ymdrwytho yn sychder persawrus y gwair, ac ymdrochi yn nyfroedd crisial nant Maesglasau, roedd dyddiau'r cynhaeaf yn wledd i'n synhwyrau effro.

Rhyddhad enbyd i bawb fyddai cael y gwair yn sych i'r daflod: gwarant bwyd i'r anifeiliaid am aeaf arall. Rhyddhad nas profir mwyach yn nyddiau ymarferol y *big bales* a'u gorchuddion polythen du.

Hyfrydwch mwyaf hel y gwair i mi fyddai'r seibiau rhwng pob hwrdd gwaith, er nad saib fyddai i ni'r merched. Rhaid oedd gadael y cae gwair i ymofyn y te i'r dynion, i dorri eu syched. Eisteddai pawb o gwmpas yr hen foncyff ar lan y nant yn aros am yr enllyn. Mawr oedd y sgwrsio, y storïa, y tynnu coes, y synfyfyrio. Am bedwar y prynhawn deuem â bwyd hefyd, yn ddanteithion i de: bara menyn a jam eirin; crempogau llaeth enwyn; torth frith neu ddwy. Traflyncid y cyfan gan y gwŷr. Ie, prin y sylwent ar y gynhaliaeth gan mor hanfodol ydoedd i weithgaredd eu corff yn y cae.

Amser cinio ac amser swper cynullai pawb o amgylch bwrdd y gegin gefn i dderbyn y bwyd a ddarperid gan Mam a minnau. Pawb ar eu cythlwng, a'r cig a'r tatws a'r pwdin reis yn diflannu ymhen dim amser.

Yn fuan wedi hel y gwair, aed ati i gynhaeaf yr ŷd. Yr un oedd crefft hynny. Lladd yr ŷd â phladur a'i gywain yn ysgubau, a chlymu pob ysgub â dyrnaid o'r gwellt. Dod â phedair ysgub at ei gilydd wedyn i ffurfio bwch.

Braf, yn hafau bach Mihangel y blynyddoedd hyn, fyddai gweld y caeau'n llawn o'r bychod llonydd yn sychu yn y gwres, yn arwydd o'r prysurdeb a fu. Wedi iddynt sychu, fe'u cludid at y drol, ac o'r drol i'r helm. Yn yr helm y dyrnid yr ŷd, sef gwahanu'r tywysennau a'r gwellt. Yn yr helm y'i nithid hefyd, sef gwyntyllu'r tywysennau, a gwahanu'r grawn a'r us.

Yn y dyddiau gynt, dygid y grawn i'r felin agosaf i'w falu'n flawd. Ond cofio ei gadw mewn sachau yr wyf i, a'i ddefnyddio'n fwyd i'r gwartheg trwy gydol y gaeaf. Torrid y gwellt yn fân a chadw'r torrion mewn sachau i'w ddefnyddio'n borthiant i'r anifeiliaid, i ymestyn y grawn gwerthfawr. Felly y câi'r da fudd yr ŷd yn ei gyflawnder.

Yn yr hydref, wedi i'r rhedyn gochi, aed ati i'w dorri a'i gario'n gofleidiau i'r helm. Defnyddid hwn yn wely i'r gwartheg dros y gaeaf. Mae arogl y rhedyn yn llenwi fy ffroenau yn awr. Arogl cras, glân, a'i liw rhuddgoch – arwyddnod yr hydref i mi – yn llenwi fy llygaid.

Tynnid y drol wair gan geffyl gwedd, wrth gwrs; yr un anifail urddasol ag a dynnai aradr y gwanwyn. Dau geffyl a gofiaf innau o'r blynyddoedd hyn. Robin oedd y cyntaf. Un glas, a hen genau piwis a'm cnôdd unwaith. Yna daeth Capten atom. Un gwyn oedd hwn, ac un tirion. Daeth Capten a minnau'n ffrindiau da. Cawn ddringo ar ei gefn llydan ac fe'm cludai'n braf hyd dir y fferm . . . Nes deuai fy nhad i ddwrdio.

Wedi'r Ail Ryfel Byd y daeth y tractor atom. Y ceffyl

haearn nad oedd yn biwis nac yn dirion ychwaith; ac un nad oedd mor sicr ei symud hyd lethrau'r cwm. Sawl gwaith y powliodd ddegau o droedfeddi i lawr ochr y mynydd, mewn rhyw ddaeardor gwyrdröedig? A Bob arno, trwy ryfedd wyrth yn dal yn fyw yng nghnewyllyn y tractor trybowndiol. Do, collwyd rhyw ddiniweidrwydd pan ddaeth olwynion yr hen Ffergi bach i gymryd lle tramp araf troed y ceffyl gwedd.

Os mai carwr y cynhaeaf oeddwn i, cog y cneifio oedd Bob. Dyna firi oedd yr adeg honno. Fel pob fferm arall yn y cyffiniau, roedd gan fferm Tynybraich ei diwrnod cneifio traddodiadol: dydd Mercher wythnos lawn gyntaf mis Gorffennaf. Rhaid oedd wrth drefn rhwng y ffermydd. Pe methid y dydd hwnnw – oherwydd niwl neu dywydd garw – rhaid fyddai aros ddeng niwrnod neu fwy, hyd ddiwedd y tymor penodedig.

Paratoid yn hir at ddiwrnod cneifio. Byddid yn tocio ym mis Mai, sef cneifio'r cynffonnau er mwyn hwyluso cneifio'r cnu ac i gadw'r ddafad rhag cynrhon yn y tywydd cynnes. Trochid wedyn ym mis Mehefin, trwy gronni dŵr yn y nant a gyrru'r defaid trwyddo; hwyl fawr ar derfyn y dydd fyddai gyrru'r cŵn i'r dŵr.

A dyna'r diwrnod cneifio ei hun. Cannoedd o ddefaid corlannog, brefog yn llenwi'r lle, a hyd at ddeg ar hugain o ddynion yn cneifio'n hanner cylch, a Bob wrth ei fodd yn eu plith. Pob un â'i wellaif, a'i ddafad â'i choesau ynghlwm: y rhain oedd barbwyr y buarth. Llithrai'r gwelleifiau'n dringar ac awchus rhwng y croen a'r cnu, a'r gwlân fel petai o'i wirfodd yn syrthio ymaith yn llaw'r cneifiwr. Gwaith y plant oedd estyn cortyn i'r cneifwyr glymu coesau pob dafad yn bwysi bawlyd; y plant hefyd a gâi'r fraint o fynd at y ddafad foel, gynffonwen ar ei gwely o redyn gwyrdd, a sodro arwyddnod ei pherchennog mewn pyg ar ei hysgwydd chwith. Gwaith y merched oedd lapio'r cnu: plygu'r ymylon tuag i mewn, ei rolio'n dynn, a'i sicrhau'n belen felynwen.

Bwriaf fy wyneb i'r cnu hwnnw. Clywed y cyfuniad atgofus o arogl anifail, arogl saim, arogl baw – a meddalwch pur y gwlân newydd.

Amser a hanner fyddai amser cneifio i wragedd y ffermydd. Rhaid fyddai sicrhau lle i dros ddeg ar hugain o ddynion i eistedd gyda'i gilydd yn y gegin, a digon o blatiau, cyllyll, ffyrc, llwyau, powlenni a chwpanau i bawb, heb sôn am eu porthi'n deilwng. Sawl taten fyddai angen ei chrafu? Sawl powlennaid o bwdin reis fyddai angen ei bobi yn y tŷ-ffwrn? Sawl cacen fraith fyddai angen ei chrasu, a thorth ei thafellu, i ddiwallu gyr o ddynion oedd ar lwgu? A sawl gwaith fyddai angen ail-lenwi'r ffownten ddŵr uwchben y tân, a rhedeg i'r bwtri am laeth, er mwyn gwneud te i ddisychedu'r cneifwyr eger?

Oedd, roedd angen howscipar a hanner yn gefn i gneifio defaid.

Daeth Bob yn gneifiwr heb ei ail, a châi ei ddewis yn

gneifiwr gan bawb a fynnai fynd i ddangos llydnod mewn sioe. Trosglwyddodd y ddawn i'w fab, ac fe'i trosglwyddwyd wedyn i fab ei fab, a aeth i berffeithio'i grefft ar ochr arall y byd.

Ond nid oedd tymor y cneifio wrth fodd pawb ar y fferm. Cas gan Wili, yn sicr, fyddai adeg cneifio. Fe'i drysid yn lân gan annibendod y corlannau hyd y buarth a'r ietiau caeedig a lesteiriai ei hynt, gan sŵn y defaid, a chan brysurdeb yr holl bobl. Collai ei ffordd, a gwylltio'n gandryll yn yr anhrefn.

Nid oedd dim, fodd bynnag, a'i mwydrai'n waeth nag eira. Fe'i llesteirid yn llwyr gan y caen gwyn. Heb deimlad rhydd ei draed, a'r eira'n mygu datsain ei dramp ar y ddaear, ni allai yn ei fyw ymgyfeirio.

Ac yntau unwaith ar ei ffordd at ffermdy Tynybraich o'r bynglo a godwyd i'm rhieni ar waelod y rhiw, daeth yn lluwch chwyrn arno. Aeth Wili ar goll. Nid oedd golwg ohono yn unman. Ninnau'n chwilio amdano ymhobman: hyd y caeau a'r llwybrau, yr holl ffordd i Faesglasau. Galw ei enw. Chwibanu. Galw eto nes bod enw ein brawd yn atsain drwy'r cwm. Ond heb lwc.

Ac yna, a Bob wedi digwydd edrych tuag ochr y mynydd, fe'i gwelwyd. Yn y fan honno, yn chwifio o ganol y rhedyn uchel, gwelem law Wili yn ei maneg goch gyfarwydd. Clywem ei lais yn galw am help.

Mae'n ddirgelwch hyd heddiw sut yr aeth ar y fath gyfeiliorn yn yr eira, a'i ganfod ei hun yno, yn uchel ar lechwedd y mynydd gwyn.

Nid âi allan o'r tŷ yn y nos. Nid er ei fwyn ei hun, wrth gwrs. Roedd dydd a nos yn nos i Wili. Ond pe digwyddai iddo fynd ar goll yn y tywyllwch, nyni'r chwilwyr fyddai wedyn yn ddall. Eto, manteisid yn aml ar ei weld amgen pan fyddai angen hebrwng y plant o'r bynglo i'r ffermdy yn nüwch y nos.

Anaml yr âi ar goll ar ei lwybreiddiadau hyd y fferm, yn ddynan tywyll yn ei gôt law hir a'i welingtons rhyfawr. Ei ben yn wastad ar oleddf, ac yntau'n gwrando am y smic lleiaf o sŵn. Glynai'n dynn wrth hen ganllawiau: teimlad y tir dan ei draed; sŵn y nant yn llifo; siffrwd dail y coed cyll wrth y cae isaf; sicrwydd postyn y llidiart a chlicied yr iet.

Ar yr ychydig adegau yr âi ymaith o Dynybraich, cymerai ddiwrnod cyfan iddo ymgyfeirio wedyn. Anodd i ni oedd sefyll yn gwylio'i gyfeiliorni, ei gamau gwag, ei wrthdrawiadau â physt ac â chonglau'r buarth. Mynegai yntau ei rwystredigaeth amlwg trwy rwbio'i lygad â migwrn ei law. Ond rhaid oedd gadael iddo. Llwybr ei deimlad ei hun oedd llwybr Wili. Ni allem ninnau lai na rhyfeddu at ei allu i ddefnyddio'i glyw – adlais ei wrthdrawiadau â muriau ac â physt – i weld.

Ymyrraeth allanol a'i drysai. Newid amgylchiadau. Rhwystrau ar ei lwybr. Tanseilid ei urddas gan ein diofalwch ni.

Ar brynhawn Gwener, Wili a âi i ymofyn y bara o Dynybraich i'r bynglo. Tair torth wythnosol. Arfer Wili oedd rhoi torth mewn bag ar gyfer un llaw, torth mewn bag ar gyfer y llaw arall, a rhoi'r dorth olaf yn dynn dan ei gesail. Cerddai felly yn ôl o Dynybraich a thua'r bynglo. Ond daeth un dydd Gwener pan adawyd mwdwl o wair yn ddi-feind ar ei lwybr. Baglodd Wili drosto; cwympo ar ei hyd ar lawr, a phowlio din-dros-ben yr holl ffordd at waelod y rhiw. Rhuthrwyd ato. Gorweddai yntau'n hurt ar y gwair, a'r hurtrwydd yn graddol droi'n anniddigrwydd. Roedd y ddau fag bara yn dal yn ei ddwy law, a'r dorth fach wen yn dal dan ei gesail.

Dyna fesur ymlyniad Wili wrth lwybrau a dyletswyddau ei fywyd.

Dangosai'r un defosiynoldeb a dyfalbarhad wrth ei ddyletswyddau eraill ar y fferm. Wili fyddai'n troi'r fuddai adeg corddi, er enghraifft. Eisteddai yno'n troi ac yn troi'r handlen yn amyneddgar nes byddai'r menyn yn barod. Ac wedi'r corddi, cludai'r llaeth enwyn mewn bwced at Mam yn y bynglo, yr holl ffordd i lawr y llwybr anwastad, yn araf a gofalus fel na chollai ddiferyn o'r llaeth.

Roedd ganddo ei waith ei hun i'w wneud hefyd, yn gopïydd ac yn olygydd testunau *braille* ar gyfer yr RNIB. Fel Lewis, ei frawd iau, roedd Wili'n ieithmon galluog a gweithiai â thestunau mewn deuddeg iaith wahanol, gan gynnwys Hebraeg, Rwsieg a Groeg. Am oriau bwygilydd byddai wrth ei ddesg yn darllen a chopïo, a thipian trwm y peiriant teipio *braille*, a thinc y gloch ar ddiwedd pob llinell, yn gyson a diderfyn fel sŵn cloc.

Wedi iddo gwblhau pob testun, a chyn ei anfon yn ôl at yr RNIB yn Llundain, byddai raid i un ohonom fynd ati i 'ddileu'. Mam neu fi a wnâi hyn gan amlaf, am mai y ni oedd fwyaf amyneddgar. Ac yn wir, roedd angen amynedd.

Rhaid oedd eistedd gyda Wili am rai oriau a'i deipysgrifau eang o'i flaen. Darllenai yntau trwy'r testun gan ei gymharu â'r gwreiddiol. Pan redai ei fysedd meddal dros wall rhoddai gyfarwyddyd i ninnau i 'ddileu' neu 'gryfhau' un o'r chwe dot *braille*, yn ôl y gofyn:

'Dileu *top left*.'

'Dileu *bottom right*.'

Rhwbiem ninnau fryncyn y *braille* â gweillen wau nes bod arwyneb y papur yn llyfn eto, a'r llythyren wedi ei newid a'i chywiro. Proses lafurus oedd hon. Gellid bod wrthi am oriau yn 'dileu' â'r weillen wau.

Gosodid y teipysgrifau gorffenedig mewn bocsys papur llwyd ac anfon y cyfan at yr RNIB yn Llundain. Byddai Wili'n arddweud y cyfeiriad yn ei Saesneg crand – '224, Great Portland Street, London' – tra byddai un ohonom ni'n llenwi'r *labels* bondigrybwyll.

Rhyfeddwn bob tro at ei ddull o lynu'r labelau ar y bocsys. Yn gyntaf fe'u daliai yn erbyn ei wefus er mwyn gweld p'run oedd yr ochr ludiog: yr ochr a ymlynai ar y wefus, honno fyddai'r ochr iawn. Yna, cydiai'n ofalus yn y label gerfydd y ddwy gornel uchaf a dechrau llyfu'r cefn. Ond nid rhyw sgrialu llyfu fel y gweddill ohonom a wnâi Wil. Na, roedd hyd yn oed llyfu label yn gofyn trefn. Ymwthiai blaen ei dafod yn llednais o'i geg a chychwyn gwlychu cefn y label yn rhesi trefnus o'r chwith i'r dde. O gyrraedd pen un rhes, tynnai'r tafod yn ôl, a chychwyn ar res newydd. A byddai blaen main y tafod yn symud o'r chwith i'r dde, yn rhes ar ôl rhes, nes byddai'r label wedi'i lyfu'n drwyadl.

Clywais fy nhad yn mwmial sawl tro mai ei natur gysetlyd oedd anabledd Wili, ac nid y diffyg ar ei olwg. Ond i mi, roedd Wili ei hun yn un o ryfeddodau'r cwm.

Rhaid oedd i bob dydd redeg fel cloc: brecwast am wyth, paned am ddeg, cinio am ddeuddeg, te am bedwar, a swper am saith. A phe codai'n hwyr, ni fyddai trefn arno weddill y dydd.

Roedd i'w brydau bwyd eu patrwm hefyd. Amser te câi ddwy dafell a hanner o fara menyn a jam. Bwyta tafell a hanner i ddechrau, a defnyddio llwy i grafu'r jam yn ofalus oddi ar y plât nes bod hwnnw'n lân. Yfed cwpanaid o de'n gyflym. Bwyta'r dafell o fara menyn oedd yn weddill. Bwyta'r darn cacen. Yfed ei ail baned o de yn gyflym. Ac yn olaf, rhoi *mint imperial* yn ei geg i ddiweddu'r pryd.

Cerddai o'i ystafell ei hun i'r gegin mewn pâr o slipars lledr. Newidiai i slipars brethyn sgwarog ar gyfer bwyta ei fwyd. A newid i'w welingtons i fynd allan o'r tŷ. Ni waeth sawl gwaith y byddai'n ofynnol iddo newid gwisg ei draed mewn diwrnod, glynai'n ddeddfol wrth y drefn hon.

Yn yr un modd, ni fyddai'n ddim ganddo dreulio oriau'n datod cylymau mewn cortyn. Eisteddai yno am brynhawn cyfan yn dirwyn a datod y caglau cadwynog nes cyrraedd at linell syth, wastad ei fuddugoliaeth.

Eto, er ei natur gysetlyd, roedd Wili yn ŵr caredig, cymdeithasgar a chydymdeimladol. Yn groes i'w dri brawd, ni châi unrhyw foddhad o ddadlau, ac aml i dro y'i gwelais yn dod wedi dadl i ymddiheuro'n swil i'w wrthwynebydd.

Byddai wrth ei fodd yn sgwrsio, ac am ei fod wedi darllen mor eang roedd ganddo stôr ryfeddol o wybodaeth am bob pwnc o dan haul. Wrth dorri'i wallt siglai ei ben i gyd-fynd â'i sgwrs, a minnau a'r siswrn yn fy llaw yn ofni torri'i glust. Gwrandawai ar y radio yn selog: ar ddramâu operatig Gilbert and Sullivan, ac ar sylwebyddion ei gêmau criced a phêl-droed hoff. Gwyddai enwau chwaraewyr pob tîm.

Ei radio hoff fu ei gymar ar hyd ei fywyd. Yn wir, trwyddi hi, gwyddai Wili fwy am y byd y tu hwnt i gwm Maesglasau nag unrhyw un ohonom.

Gwelid hyn weithiau mewn ffyrdd annisgwyl. Dyna'r adeg y daeth deiseb o gwmpas Dinas Mawddwy yn gwrthwynebu'r bwriad i agor tafarndai ar y Sul. Fe'i llofnodwyd gan fwyafrif helaeth y trigolion lleol, ac nid oedd llwyrymwrthodwyr Tynybraich yn eithriad. Aed â'r daflen wen at Wili ac egluro'i hamcan wrtho. Ond er mawr syndod ei deulu dirwestol, gwrthod ei llofnodi a wnaeth Wil. Er procio a chymell ei deulu, dal ei dir a wnaeth yr un nad aeth blas gwirod ei egwyddorion erioed dros ei wefus.

'Wn i ddim be sydd ar y bachgen, wir,' synnodd fy mam.

Trwy gyfrwng y radio hefyd y dysgai am y technolegau diweddaraf. Wili oedd y cyntaf i sôn wrthym am y peiriant fideo, er enghraifft, lle gellid tapio oddi ar y teledu a gwylio rhaglen ddwywaith, deirgwaith drosodd. Technoleg ofer iddo ef, er ei ddiddordeb ynddi. Soniodd hefyd am ffwrn a ddefnyddiai dechnoleg 'microwave', chwedl yntau: ffwrn a goginiai fwyd heb boethi ei hunan. Wfftiem ninnau, nes gweld ei dod ymhen blynyddoedd.

Wili oedd ein prif gysylltiad â Gruffydd yn swydd Henffordd. Cyfansoddai lythyr braille yn wythnosol i'w frawd yn rhoi'r newyddion o Dynybraich iddo. Âi ati i deipio'n ddefosiynol bob bore Iau. Yn yr un modd, cyrhaeddai llythyrau Gruffydd yn gyson bob Sadwrn. Gyda'r un fformiwlâu yr agorai llythyr y naill frawd a'r llall yn ddieithriad. Wili, er mawr anniddigrwydd i Gruff, yn agor ei lythyr bob tro trwy ddweud: 'Well, here I am again . . .' Ond nid oedd Gruffudd yntau, er ei brotestiadau, fawr mwy amrywiol: 'Very many thanks for Bill's letter . . .' fyddai hi bob tro.

Priododd Bob ddechrau'r tridegau gyda Katie, merch fferm Tyddyn Rhys y Gader yn Aberdyfi. Yn ôl y traddodiad, symudodd fy rhieni a Wili i fyw i'r bynglo newydd er mwyn gwneud lle i Bob a Katie yn ffermdy

Tynybraich. Arhosais innau yn y ffermdy, gan mai yno yr oedd fy ngweithdy gwnïo.

Llawenydd mawr i bawb oedd genedigaeth eu mab cyntaf yn 1936. Ei enw oedd Evan; fel ei daid, ac fel taid hwnnw. Cefais innau'r mwynhad, unwaith yn rhagor, o fod yn gymorth i fagu baban bach.

Deuai Wili heibio yn aml i gadw cwmni i ni. Canai hwiangerddi i'r bychan, a siglo'r crud yn ddiflino. A gwirionodd yn fwy na neb ohonom o glywed, ryw flwyddyn yn ddiweddarach, fod ail blentyn ar y ffordd.

Cael pwl o ddigalondid yr oedd rhyw ddydd, mae'n rhaid, a minnau'n ei glywed yn cwyno wrth Katie na wyddai beth oedd ei ddiben ar y ddaear, yn ddall, ac yn dda i ddim i neb. Rhoes Katie hithau ei braich amdano a'i gysuro. Oni wyddai mor hoff o'i ewythr oedd Evan bach? Oni theimlai'r llaw fach yn cydio'n dynn am ei fys?

Rai wythnosau'n ddiweddarach, ar enedigaeth ei hail blentyn, bu farw Katie yn yr ysbyty yn Lerpwl. Gadawyd Bob yn ŵr gweddw ifanc, ac yn dad i ddau blentyn: y naill, Evan, yn flwydd a hanner, a'r llall, Kate, yn ddim ond oriau oed.

Nid anghofiaf fyth gerdded i mewn i gegin Tynybraich ar ddiwrnod tywyll cynhebrwng Katie. A'r hyn a welais o'm blaen oedd Wili'n magu Kate fach yn ei freichiau, ac yntau, am wn i, wedi cael ateb i'w ymholi.

Daeth Mam yn 'fam' i Evan a Kate, a hithau'n tynnu at y trigain oed. Symudodd fy rhieni'n ôl i ffermdy Tynybraich. Rhentiwyd y bynglo newydd i ŵr o'r enw Gruffydd Elis, a'i wraig, a byddai fy nhad wrth ei fodd yn crwydro'r caeau gyda'i gyfaill: step, ac yna sgwrs. Rhuglai'r gwirioneddau gwledig a'r jou baco'n eu ceg, a'r gweddill di-flas yn cael ei boeri'n fwled cnotiog ar y gwair neu i'r gwrych.

Annwyl a bywiog oedd Evan a Kate fach, a hyfryd i mi oedd eu gweld yn cydchwarae lle chwaraeai Bob a minnau gynt. Chwarae bwa-saeth yn y cae isaf. Chwarae tŷ-bach wrth wraidd yr hen goeden. Chwarae ar yr hen gert, a'r atgof yn fyw am Flodwen yr iâr.

Byddai Kate wrth ei bodd yn brwsio fy ngwallt ac yn esgus trin fy ewinedd, a pharai direidi Evan i mi chwerthin i'm hances boced yn aml. Protestiai'n arw o orfod mynd i'r capel mor gyson ar y Sul. Nid anghofiaf fyth y sgwrs hon, a minnau'n clirio'r llestri brecwast yng nghegin gefn Tynybraich ryw fore Sul:

'I be sydd isie inni fynd i'r hen gapel 'na eto?' cwynai Evan wrth ei nain.

'Hisht, rŵan, Evan bach, nid felly mae siarad am y capel.'

'Pam?'

'Tŷ Duw ydi o.'

'Welais i erioed mohono fo yno.'

Ochenaid gan fy mam. Ac yna'r eglurhad amyneddgar:

'Fyddwn ni ddim yn *gweld* y Brenin Mawr; ei *deimlo* fo fyddwn ni.'

'Theimlais i mohono fo, chwaith.'

Saib hir, a Mam yn methu ateb. Ond roedd meddwl rhesymegol y bychan yn dal i droi:

'Ac i be mae o isie tri tŷ yn Dinas, p'run bynnag?'

Afraid dweud, mynd i'r capel afresymegol fu raid i ni i gyd.

Byddai Wili wrth ei fodd yng nghwmni'r plant, ond pan aent dan ei draed, neu pan adawent deganau ar ei lwybr. Buan y dysgasant hwythau sut i 'wneud i Wili wylltio'. Un o'u hoff driciau oedd rhoi graean ar ddalen agored ei lyfr *braille*, a gweld ei fysedd deheuig yn nesáu at y dotiau atodol; yn eu bwrw; yn aros yn eu hunfan; yn drysu; yn ailddarllen y llythyren ryfedd eto; yn oedi; ac yn sylweddoli . . .

'*Botheration!*'

Eto, parchent eu hewythr dall, a rhyfeddu at ei alluoedd goruwchnaturiol. Yn aml, fe'i hefelychent wrth y bwrdd bwyd, gan geisio clirio'u plât â'u llygaid ynghau.

Gwae nhw pe gwelid y dynwared.

Anodd iawn yn y blynyddoedd hynny fyddai cael Evan a Kate i setlo gyda'r nos, a Wili a gafodd y fraint o orwedd gyda'r ddau nes y cysgent. Arhosai yntau ar y gwely yn amyneddgar, heb symud un cymal na gwneud unrhyw sŵn. Gorwedd, nes yr ymlonyddai'r ddau fach. Gorwedd, nes caed distawrwydd llethol hepian y ddau.

Dim ond wedyn, wedi'r gorwedd hirymarhous, y câi Wili feddwl am fynd. Symud fodfedd wrth fodfedd at erchwyn y gwely. Gosod ei draed ar y llawr heb smic o sŵn. Cerdded yn boenus o araf at y drws a chydied yn y ddolen. Troi'r ddolen yn araf. A rhoi ochenaid o ryddhad wrth baratoi i gamu drwy'r drws.

Ac yna, yn ddi-ffael, fel saeth o'r tywyllwch, deuai gwaedd fain Evan:

'Lle ti'n mynd, Wil?'

Un dydd daeth deuddyn siwtiog atom: cynrychiolwyr y llywodraeth yn dod i'n mygydu. Rhoesant y gorchudd dros ben pob un ohonom. Dwy ffenest i'r llygaid, a hidlwr aer dros y geg a'r trwyn. A thrwy'r mygydau ni chlywem ddim ond sain dychrynllyd ein llais ein hunain ac arogl cas pob anadl.

Hyn oedd dyfodiad yr Ail Ryfel Byd i gwm Maesglasau.

O ba le y tyfodd yr ymrafael rhwng y creaduriaid hyn? Tebygasem fod y mynydd yn ddigon ehang iddynt, heb roi iw gilydd y fath gyfarfod siomgar a hwn.

Ymunodd Bob â'r Gwarchodlu Cartref. Aethpwyd â Wili i weithio mewn ffatri beirianyddol ym Machynlleth. Rhoddais innau fy mheiriant gwnïo o'r neilltu, a mynd i weithio'r tir, yn ddyn dros dro.

Derbyniem y newyddion bob nos trwy'r radio, a chan

ein cydnabod y tu hwnt i furiau amddiffynnol y cwm. Clywed am yr ifaciwîs a ddaethai o Birmingham. Clywed am yr awyren Almaenig *Junker 88* a ddaethai i lawr yn sir Drefaldwyn, a'i pheilot anafus yn siarad cystal Saesneg fel na sylwodd ei gynorthwywr o Gymro mai gelyn o Almaenwr oedd hwn. Clywed am yr awyrennau Americanaidd, *B17 Flying Fortress*, a ddaethai i lawr heb eglurhad ym mynyddoedd Meirionnydd, gan ladd wyth o'i chriw ar fynydd y Berwyn, a lladd wyth arall ar yr Arenig Fawr. Clywed am y bomiau yn Llundain, a meddwl am ein brawd, y ficer dall, yno yn eu canol.

Cafodd Gruff adael peryglon prifddinas Lloegr cyn tanchwa cyrchoedd bomio'r *V1* a *V2* ym mlynyddoedd olaf y rhyfel. Ond gwyddem yn iawn amdanynt oherwydd yr hyn a ddigwyddodd i Evelyn King.

Trigai cyfneither fy nain, yr hen Gatrin Jones o Faesglasau gynt, yn ardal Pimlico. Sarah oedd ei henw. Wedi mynd i weld teulu ei gŵr, Harry King, yr oedd hi brynhawn yr wythfed o Orffennaf, 1944, pan ddaeth rhybudd cras y seirenau i lenwi'r lle.

Trawyd y tŷ yn uniongyrchol. Lladdwyd pawb yn y fan a'r lle.

Dychwelodd Evelyn, ei merch, o'i gwaith y min nos hwnnw at gartref ei modrybedd er mwyn nôl ei mam. O rowndio'r tro ni chanfu na thŷ, na theulu: dim byd ond olion. Mwg yn codi o'r rwbel megis o allor uffernol. A'r llwch dychrynllyd yn bwrw ar bawb.

Daeth Evelyn, ein cyfyrder amddifad, atom i

Dynybraich i'w hadfer ei hun. Y ni yn awr oedd ei hunig deulu. Roedd mewn sioc ddifrifol. Rhannai fy ngwely gyda mi, a châi hunllefau ofnadwy a wnâi iddi wingo a chrïo. Rhoesom bob cariad a gofal iddi, ond ni siaradai fawr, dim ond gwenu ei diolchgarwch, a'i llygaid yn dal yn farwaidd.

Llawer gwas cyflog amser hâf, pan fo'r dydd yn hir, a'r hin yn wresog, a fynych hiraetha yn ei galon am weled cysgodeu'r hwyr a machludiad haul, fel y caffo orphwys oddiwrth ei lafur.

Dychwelodd Evelyn King i Lundain i barhau â'i bywyd unig. Nid adferodd yn iawn erioed.

Gwelsom y gelyn yn gig a chnawd yng nghwm Maesglasau, fel y'i gwelwyd mewn sawl cwm arall. Yn haf 1942 daeth carcharor rhyfel Eidalaidd atom, y cyntaf o bedwar ymwelydd o fyd na wyddem ddim amdano.

Daeth Angelo atom mewn gwisg felynfrown, a'r un wawr oedd i groen ei wyneb. Camodd oddi ar y cerbyd a syllu'n syn ar y cwm glas o'i gwmpas. Syllodd yn fwy syn ar y rheng o 'elynion' a'i harhosai wrth ddrws y ffermdy: Bob a minnau a'n gwallt mor ddu â'i wallt yntau; a dau o blant bach swil a chwilfrydig yn llechu dan wrthglawdd trowsus eu tad.

Ymryddhaodd Bob o afael y ffwtmyn, a chamu at yr Eidalwr i ysgwyd ei law.

'Bore da.'

'*Buon giorno.*'

Gyda hynny o gyfnewid y daeth Angelo i fyw i'n byd. Buan y daeth yn rhan o drefn ddyddiol y fferm. Diolchai bob dydd am gael dianc o'r drin. Diolchai hefyd am gael treulio'i garchariad ar y fferm, er ei hiraeth mynych am ei wraig a'i blant. Cysgai yn y llofft fach yng nghefn y tŷ a rhoes lun ei deulu ar ddarn o bren wrth ei wely. Fe'i dangosai inni'n feunyddiol, bron. Gwraig fain, hardd, a phob blewyn o'i gwallt yn ei le, a merch a mab tua'r un oed ag Evan a Kate. '*Cara* Susanna' oedd hi, ac '*i miei bambini*' oedd y plant. Âi ei lais yn floesg wrth sôn amdanynt.

Cydweithiai a chydfwytâi yn gytûn â theulu Tynybraich, a daeth Bob ac yntau'n gryn ffrindiau: y naill yn dysgu geiriau Eidaleg, a'r llall yn dysgu geiriau Cymraeg, a'r Saesneg prin yn dir neb rhyngddynt. Dysgodd ein *bambini* ninnau i gyfrif o un i ddeg yn yr iaith feddal a oedd fel hufen yn eu ceg. A dysgasant ddynwared ebychiadau'r Eidalwr, megis y tro yr aeth gyntaf i flaen tawel cwm Maesglasau:

'*Che bello!*'

Hanai Angelo o deulu a gadwai winllannoedd yn ardal *Frascati* ger Rhufain a synnai at ein diwylliant dirwestol ni. Haerai y byddai llethrau serth cwm Maesglasau yn ddelfrydol ar gyfer cynaeafu grawnwin, oni bai am y glaw.

Ar y Sul aed â holl garcharorion Eidalaidd y cyffiniau

100

i'r offeren yn y Drenewydd. Cynorthwyai Bob weithiau ar yr ymweliadau hyn. A chredaf ei fod, yn ddistaw bach, yn mwynhau rhyfeddu at wasanaeth eglwys y Catholigion.

Wedi rhai misoedd gorfu i Angelo fynd a'n gadael. Ni fynnai'r awdurdodau weld y 'gelyn' yn dod yn rhy gyfarwydd â'u lletywyr.

Yn sgil Angelo daeth Piero. Creadur gwahanol oedd hwn, a'i dymer yn danllyd. Tyngai lwon dirifedi – *Dio!* a *Maria!* – a'r plant yn eu gwelyau fin nos yn dynwared ei gadwyni cableddus. Ie, un blin oedd Piero – a pha ryfedd, ac yntau filoedd o filltiroedd o'i gartref, heb wybod pryd y câi ddychwelyd at ei deulu?

Mynd oddi wrthym fu hanes Piero hefyd, a hynny cyn pryd. Mewn pwl o ddicter un dydd, tynnodd gyllell ar fy nhad. Ni wyddai neb o ble y daethai'r arf miniog. Gwylltiodd fy nhad. Dychrynodd Bob. Mynd fu raid i'r *Italian.*

Ernesto a ddaeth nesaf. Un heglog, hynaws oedd hwn, a heb fawr o ymladd yn ei waed. Hanai o Napoli ac roedd ganddo holl arabedd brodorion y ddinas flêr, forwrol honno. Saer coed ydoedd wrth ei alwedigaeth, ac ni fyddai byth, bron, heb ddarn o bren i'w gerfio yn ei law, a chynhyrchai anrhegion dyddiol i'w deulu newydd. Cerfiodd lwyau pren at ein defnydd ni yn y gegin, a phlât, a phowlen fras. Cerfiodd gwch pren i Evan i'w hwylio dan bont nant Maesglasau.

Ond Kate oedd ei ffefryn. Cerfiodd gwpan dal wy

iddi, ac arno addurn syml. Cerfiodd stôl fach iddi eistedd arni. A cherfiodd ddoli bren iddi; un a ddilladais innau. Roedd pob dydd yn ddydd Nadolig yng nghwmni Ernesto, y saer o ddinas Napoli.

Ar y cyntaf o Fai 1943 daeth Angelo arall atom.

Cofiaf y calan Mai hwnnw'n iawn. Diwrnod braf ydoedd, a'r awyr yn ddi-gwmwl, ac awel gynnes yn anwesu'r cwm. Dail deufis y coed yn gloywi yn yr haul, yn geiniogau gleision. A'r llechwedd uwch y tŷ yn las gan fwtsias y gog.

Ond yr hyn a gofiaf fwyaf yw ffresni'r dydd, ac egni chwyldroi'r gwanwyn yn haf yn hydreiddio'r corff. Un o'r dyddiau prin hynny pan fo'r greadigaeth gyfan fel petai'n anadlu at waelod ei bod.

Gwelaf fy hun yn dod allan o'r tŷ. Golch y dillad gwely'n goflaid gwyn yn fy mreichiau. Drws y tŷ'n agored o'm hôl.

Codaf fy ngolygon. Ac o'm blaen, wrth ymyl fy mrawd, gwelaf y gŵr mewn dillad carcharor.

Mae'n troi i edrych. Edrychaf innau. Heb weld dim, dim ond teimlo. Teimlo rhywbeth yn treiddio trwof. Yn fy sigo. Yn cipio fy ngwynt.

Gwelaf Bob yn edrych. Trof at fy ngwaith, a cherdded ymaith. Ond mae'r tir rhwng tu blaen a thu cefn Tynybraich yn simsanu wrth bob cam.

Gosodaf y gwrthbannau gwynion yn un rhes ar y lein. Rhythaf ar eu siglo araf yn awel dyner mis Mai.

Cofiaf ymysgwyd. Sadio. A dychwelyd i'm gweithdy.

Rhoi fy mhen dan y peiriant a gweithio, yn gydnaws ag ymddygiad merch sy'n tynnu at ei deugain oed. Ond mae'r galon yn dyrnu curo. A handlen olwyn y *Singer* yn llithro yn fy llaw; yn sbwylio pob sêm.

Datod y pwythau. Gwnïo eto.

Sadio eilwaith, a mynd i ymuno â'm teulu wrth y bwrdd bwyd, ac estyn croeso i'n plith i'w aelod newyddaf.

Pedwar mis a gawsom yn nghwmni Angelo. Pedwar mis o lawenydd na phrofais mo'i debyg erioed. Roedd ei weld bob dydd fel gweld goleuni i mi. Disgleiriai popeth o'i herwydd: y platiau piwtar ar y dresel, y ffender bres, taclau rhydlyd y fferm, llewyrch y lleuad, a gwlith y bore. Disgleiriai fy llygaid innau.

Pedwar mis o ddysgu hefyd. Dysgu am rywun arall y cydchwarddwn ag o, y cyd-ddifrifolwn ag o, y cydlawenhawn ag o yn gwbl naturiol. Rhywun y rhannwn ddyddiad fy ngeni ag o, hyd yn oed. Dysgu am wynfyd bod mewn cariad, er cadw'r cariad hwnnw dan glawr.

Felly, dysgu sadio hefyd: tymheru pob teimlad; cuddio pob cynnwrf; meistroli gwrido a gwelwi'r corff. Dysgu byw celwydd: dysgu 'cymryd arnaf' gadw hyd braich; dysgu chwarae rhan y chwaer; dysgu ffugio difaterwch. Dal llif yr emosiwn y tu ôl i argae o falchder, ac o betruster, ac o ofn tramgwyddo.

Dysgu Eidaleg hefyd dros fwrdd derw'r gegin gefn; swyn ei sain felodïaidd; syndod ei thebygrwydd i'm hiaith innau.

'*Ponte*,' meddai Angelo.

'Pont,' meddwn innau.

Finestra.

Ffenest.

Corona.

Coron.

Corpo.

Corff.

Credere.

Credu.

Celare.

Celu.

Wrth enwi'r byd, deuai i fodoli o'r newydd. Digwyddodd y dadeni hwn yn haf 1943.

Darfu pan ddisodlwyd Mussolini a phan ildiodd llywodraeth newydd yr Eidal i wledydd y Gynghrair. Darfu pan ddaeth yn bryd rhyddhau'r carcharorion. Darfu pan ddaeth gwŷs ei ddychwelyd.

Ie, rhyw lun o farwolaeth oedd diwedd yr haf a dyfodiad Medi y flwyddyn honno. Roedd pob dydd yn llithro o'm gafael. Pob nos yn artaith o fethu cysgu; o gofio; o wylo'n dawel.

Ddiwrnod cyn ei ymadawiad, a ninnau o gylch y

bwrdd, gofynnodd Angelo i'm tad a gâi ychydig oriau'n rhydd i fynd at bistyll Maesglasau am y tro olaf. Euthum innau gydag o.

Ni chofiaf y daith honno i Faesglasau. Ni chofiaf fynd heibio i Gae Dolau. Ni chofiaf droedio trwy Lidiart y Dŵr. Ni chofiaf y defaid yn troi i syllu arnom, na'r adar yn tewi'u trydar, na llif y nant yn arafu wrth i ninnau rowndio'r tro. Dim ond teimlad ei law am fy llaw i, a'n cydsymud at ben draw'r byd.

A dyna gyrraedd blaen golau y cwm. Llonyddwch yr hen furddun. Gloywder y nant, a bwrlwm ei symud. Cerrig y sgri yn llwybr anwastad drosti. Dringo, law yn llaw, dan aeron yr ysgawen, heibio i'r dderwen a'r wernen, trwy'r brwyn a thrwy'r danadl poethion, yn uwch ac yn uwch i fyny'r ceunant. Cerdded, cyflymu, a cholli ein gwynt yn lân . . . A chyrraedd, o'r diwedd, fôn ewynnog y pistyll.

Gwelaf ein petruso. Fe'i gwelaf yn fy nhynnu i mewn dan y llif grymus. Ac fe'n gwelaf ni yno, a dŵr nant Maesglasau yn dymchwel o bob cyfeiriad.

Nid anghofiaf y tri chan llath tuag adref tra byddaf byw. Dillad yn domen dail. Haul hwyr y prynhawn yn euro'r byd. Pob eiliad yn werthfawr. Pob cam yn boen.

A ninnau'n nesáu at y tŷ, atelir fy ngham. Trof i edrych. A gweld eto yr adnabyddiaeth honno sydd mor hawdd ei dirnad; mor anodd ei deall.

Ar wahân y dychwelwn i Ddynybraich.

Gwelaf Angelo'n ffarwelio â phawb yn eu tro. Ysgwyd llaw â'm rhieni, â Wili, ac â Bob. Cofleidio Evan a Kate. A'm cofleidio innau yn yr un modd.

Fe'i gwelaf yn troi ar ei union. Gwelaf ei gefn. Gwelaf drwch ei wallt, osgo'i gerddediad.

Nis gwelais yn mynd. Llewygais ar drothwy Tynybraich. Fe'm dygwyd i'r gwely gan Bob a'm tad.

Wele fel y mae'r dydd wedi byrrhau, a'r haul yn anniben yn codi: Efe a rwyfa i'r golwg trwy'r awyr ddudew, ac a wna amnaid ar y ddaear a llewyrch gwan ei belydr; eithr ni erys ond ychydig, nis cilio o hono or golwg drachefn, fel pettei heb allu ymhyfrydu wrth wynebu ar y ddaear.

Ildiais i rywbeth y mis Medi hwnnw. Bûm yn wael am wythnosau, a'm tymheredd yn beryglus o uchel. Pan aeth y dwymyn, gadawodd flinder difrifol yn ei sgil. Ni allwn na darllen llyfr, na gwnïo pwyth, nac ysgrifennu gair.

Roedd pawb yn dra phryderus. Ni wyddai neb – na Mam na'r meddyg – beth oedd yn bod.

Sut oedd egluro? Ni allwn ei egluro i mi fy hun. Y balchder. A'r petruster. A'r ofn. Sut mae egluro gwirionedd teimlad, pan na chaiff y gwirionedd hwnnw gyfle i fod?

Priododd Bob am yr eildro ym mis Mawrth 1944. Merch o Gwm Nant yr Eira yn wreiddiol a ddaethai i Ddinas

Mawddwy i aros at ei chyfneither, Mairwen. Ei henw oedd Olwen.

Gyda'r blynyddoedd daeth yn chwaer annwyl i mi, ac yn ferch annwyl i'm mam: yn Olwen arall.

Nid gorchwyl hawdd oedd i Olwen ddod yn wraig ifanc i Dynybraich, ac yn fam newydd i Evan a Kate. Ond fe'i cyflawnodd yn rhwydd. Un felly ydoedd. Addasodd yn ddiffwdan i ffyrdd y teulu, a mwynhaem ninnau ei chwmni hwyliog a thawel.

Symudodd fy rhieni a Wili yn ôl i fyw i'r bynglo.

Y fath lawenydd oedd geni plentyn cyntaf Olwen a Bob ym mis Chwefror 1946. Cafodd Kate, y chwaer fawr, ddewis enw'r baban bach: Mair.

Ganed brawd i Mair ryw flwyddyn yn ddiweddarach, a'i alw yntau'n Wyn.

Dyfodiad Olwen – a'r ffaith iddi ysgwyddo cynifer o ddyletswyddau cadw'r tŷ – a'm galluogodd innau i ddod i benderfyniad. Gofynnais i'm rhieni ac i Bob am gael mynd i fyw i hen gartref fy nain ym Maesglasau Bach.

Daethai'n bryd i mi gael fy nghartref fy hun. Roeddwn, wedi'r cyfan, dros fy neugain oed.

Edrychodd pawb yn syn arnaf.

I beth yr awn i fyw i'r lle anghysbell hwnnw? I beth yr awn i arddel cwmni hen ysbrydion?

Mynnu a wnes innau, ac ildiodd y gwŷr yn y diwedd. Fe'm hadwaenent yn ddigon da i wybod nad oedd troi i fod.

Erbyn gwanwyn 1948 roedd yr hen dŷ yn ddiddos

eto. Symudwyd fy holl eiddo ar gefn y drol o Dynybraich i flaen cwm Maesglasau: gwely, bwrdd, dwy gadair ac un cwpwrdd llyfrau; stôf nwy fach i wneud te i mi fy hun; y peiriant gwnïo *Singer*; fy nillad mewn cist; fy llyfrau prin, a phapurau, a phîn ysgrifennu.

Nid oedd ym Maesglasau Bach na thrydan na dŵr yn rhedeg. Ond roedd yno do uwch fy mhen, pedair wal o'm cwmpas, a drws i'w gau ar y byd. Roedd yno lonyddwch. Roedd yno ofod diffiniedig i mi fy hun.

Cawn olau gan haul y dydd, a chan gannwyll y nos. Cawn ddŵr, fel erioed, gan nant Maesglasau. Ie, yn y nant fythol hon cawn dorri syched, ac ymdrochi.

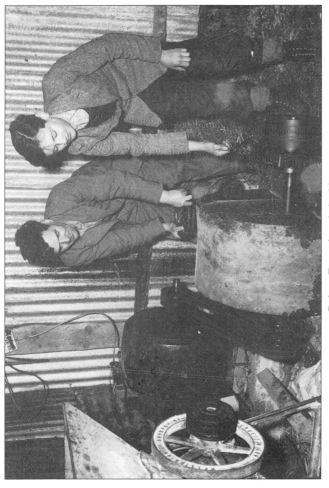

Bob ac Evan a'r tyrbein dŵr.

5

Efe sy'n gwneuthur y cymylau yn gerbyd iddo, ac yn rhodio ar adenydd y gwynt.

Angor yw teulu sy'n ein dal yn ein lle. Mae'n ein dal yn dynn mewn drycin. Mae'n ein dal yn ôl mewn tywydd teg. Mae teulu'n fendith ac yn fwrn – i ieuenctid, yn enwedig, ac i'r sawl a fyn ddal ar benrhyddid.

Hwyrach mai un o ddatguddiadau ysgytwol bywyd yw'r sylweddoliad mai ni yn awr yw'r angor. Yn sydyn y daw, fel pob ysgytwad arall. Hergwd disymwth i'r genhedlaeth nesaf, a chawn ein taflu'n bendramwnwgl i'r awyr, ein bwrw i ddŵr hallt, a phlymiwn yn ddyfnach, dyfnach nes taro ar dir a bachu ynddo.

Magu plant sy'n peri i lawer angori. Gweld yr angen i'w dal yn dynn. Ceisio peidio â'u dal yn ôl.

Credaf mai marw fy nhad a roes i mi'r hergwd o un genhedlaeth i'r nesaf. Rhyfedd o beth i'w ddweud, a minnau ar y pryd yn wraig ganol-oed a'm gwallt yn britho; rhimynnau arian yn disgleirio fwyfwy yn y düwch.

Yn y flwyddyn 1950 y bu farw fy nhad, a minnau fymryn ar ôl y ganrif yn tynnu at fy hanner cant. Ond geneth a fûm i hyd hynny. 'Lodes' fy nhad, penteulu Tynybraich. Nid oedd a wnelai hynny ddim ag oed.

Ni fu'r un ohonom yn 'agos' at fy nhad, am wn i. Merch oeddwn i. Fersiwn iau o'm mam. Cymorth iddi wrth gyflawni dyletswyddau gwraig fferm: hulio bwyd; gwneud te yn ôl y gofyn; ildio; esmwytháu. Am flynyddoedd cynddeiriogwn innau'n ddistaw-bach wrth ofynion annheg y morwyna hwn. Ond haws oedd ei dderbyn wrth fynd yn hŷn, a'm tad yn llesgáu, a'i angen yntau am angor ei aelwyd yn dod yn fwyfwy eglur. Deuthum i'w ddeall, ac i ddysgu peidio ag ofni ei farn. Sylweddolais o'r diwedd gymaint y dibynnai arnom i gyd.

Gwelaf yn awr mai dyn eisiau llonydd a gorffwys wedi diwrnod caled o waith ydoedd. Nid oedd yr hamdden ganddo i ymgeleddu ac anwesu ei berthynas â'i blant. Aml yr âi allan o'r tŷ yn y bore bach i weithio ar y mynydd, neu ar ffermydd eraill y fro. A'i ginio yn barsel yn ei boced, nis gwelem drwy'r dydd. Dim ond wrth fachlud yr haul y deuai'n ôl, ac wedi gwaith y dydd ni fynnai ddim ond paned o de, swper, cetyn a distawrwydd ar yr aelwyd. Nid oedodd erioed i swcro'i dadolrwydd.

Bob a gydweithiai fwyaf ag o, wrth gwrs, ond annhebyg oedd y ddau. Ymgomiwr oedd fy nhad; ymresymwr oedd Bob. Dyn y sylw bachog oedd fy nhad; dyn y paragraffau oedd Bob. Carai fy nhad ffermio; casâi Bob hynny. Gwladwr oedd fy nhad; gwleidydd oedd Bob.

Ychydig o gyfle a gawsai Gruffydd, William a Lewis

111

hwythau i ddod i adnabod eu tad. Fe'u dieithriwyd o'r dechrau gan agendor corfforol, ac ymhellach gan addysg Seisnig, 'foneddigaidd' *Worcester College*. Ac yn sicr, nid oedd fy nhad yn un i lyfnu ffordd anwastad rhwng anian ac anian wahanol. Rhaid oedd tramwyo'r pantiau a'r ponciau yr holl ffordd ato. A'i dderbyn fel yr oedd.

Tybiaf yn awr mai swildod oedd hynny, a dogn helaeth o ddiffyg amynedd. Yr un cyfuniad, mae'n debyg, ag a barai iddo fynd i'w wely am bump y pnawn pan ddeuai Gruffydd a'i wraig o Saesnes i ymweld â Thynybraich, ac a'i cymhellai i hel yn swta ei wyrion di-Gymraeg oddi wrtho gyda'r gorchymyn macaronig, '*Go* ffordd acw! *Away!*'

Mam a gyfryngai ein tad inni. Hi a'i darllenai ac a'i dehonglai drosom. Hi a eglurai wrthym ei oriogrwydd, ei atebion di-ffrwt, ei ddifaterwch ymddangosiadol. Hi a gymodai rhyngom. Hi a esboniai wrthym ei ludded wedi gwaith, a'i hawl i lonyddwch. Hi a siaradai amdano wrth Gruffydd, William a Lewis, gan sôn wrthynt am y pethau oedd yn bwysig iddo fel y caent ddod i'w adnabod yn well. Hi a ddangosai inni agweddau amgen ei bersonoliaeth: ei garedigrwydd, ei deyrngarwch styfnig, ei ofal amdanom, ei gariad tuag atom. Hi, a dagrau yn ei llygaid, a'n hatgoffai am ei bocn pan yrrwyd ei feibion i ffwrdd i'r ysgol. Hi a'n hatgoffai am ei chwerwedd pan wrthododd y capel gladdu Olwen Mai am nas bedyddiwyd cyn ei marw. A hi a'n hatgoffai am waeledd Ieuan, ein brawd, ac fel yr âi fy nhad ato i fwyta'i swper.

Cnoai'r darnau cig yn fân i'w rhoi yng ngheg 'y cog bach', gan feddwl, gan obeithio, y byddai'r cig yn rhoi nerth iddo.

Pan feddyliaf am y storïau hyn, a chlywed yn fy mhen lais Mam yn eu hadrodd, anodd i minnau yw cadw'r dagrau'n ôl. Synnwn bryd hynny at raslondeb a dirnadaeth reddfol fy mam. Ni fyddai'n ormod dweud fy mod yn synnu o hyd.

Treuliais nosweithiau dirifedi yng nghwmni fy rhieni wrth simdde fawr Tynybraich ac ar aelwyd y bynglo bach. Dim sŵn, ond sŵn y tân yn sisial symud bob hyn a hyn, a thipian y cloc mawr, a gweill gwau-sanau fy mam yn cyd-glecian. Fy nhad yn syllu i'r fflamau ac yn pendwmpian; ni ddarllenai byth. Pwythwn innau ryw ddarn o gwilt, neu drwsio dilledyn.

Ni feiddiaswn godi sgwrs ag o. Bod wrth ei ymyl oedd fy rhan i. Dweud dim. Y fo oedd fy nhad. Y fi oedd ei ferch. Nid oedd angen dweud mwy.

Eto, credaf mai yn yr oriau hynny ar yr aelwyd y datblygodd ein perthynas i'w heithaf tawedog. Do: tyfodd y tawedogrwydd rhyngom fel lliain gwyn, cynnes. A phan fu farw fy nhad, aeth y lliain cynnes hwnnw yn amdo amdano. Tawedogrwydd oer a ddaeth yn ei le.

Yn 1950, felly, y datodwyd un pwyth yng ngwneuthuriad fy mod.

Nid ar ei ben ei hun y bu farw Evan Jones, Tynybraich, meddai'r sawl a dalodd wrogaeth iddo; bu farw ffordd o fyw gydag o. Ffordd o fyw y sawl a gadwai wenwyn tyrchod a dannedd gosod yn yr un boced. Un o 'garitors' cefn gwlad ydoedd, a phrin oedd y rheiny erbyn heddiw. Perthynai Evan Jones i'r genhedlaeth honno a wyddai sut oedd ymgomio. Onid oedd, yn wir, yn ŵr melltigedig o siaradus? Oni fyddai raid codi clawdd rhyngddo a'i gydweithwyr adeg cneifio, gan fod ei sgwrs fyrlymus yn peri i'r lleill laesu dwylo?

Cofiaf wenu wrth ddarllen y deyrnged i ddyn y buarth a'r cae. Gwenu, am mai dyn di-sŵn oedd dyn y tŷ. A marw tad, nid marw teip, oedd ei farw i mi.

Daeth Bob yn benteulu. Deuthum innau'n chwaer i'r penteulu. Clywais sŵn y gadwyn yn rhedeg ei chwrs, saib y syrthio, a thrwst yr angor yn taro'r tir.

Fe'm syflwyd o genhedlaeth i genhedlaeth.

Deuai'r plant yn awr yn amlach atom, heb ofni cuwch 'Taid'. Wrth gwrs, roedd Evan a Katie yn 'blant mawr' bellach, yn cael mynd i Ddolgellau ar eu pennau eu hunain, ac yn cael gorffen mynd i'r ysgol cyn bo hir. Cwmni Mair a Wyn a gâi fy mam a minnau yn awr.

Nid oedd llonydd i'w gael rhag y ddau fach pryd-tywyll a'u holi parhaus. 'Pam' a 'sut' oedd eu dau hoff eiryn, ond roedd 'pwy', 'pryd' a 'ble' yn dynn ar sodlau'r rheiny. Fe'n rhyfeddent â'u hatebion hefyd: Mam yn gwaredu wrth eu dychmygion anuniongred, a minnau'n bwrw fy mhen dan y *Singer* i guddio gwên.

Pam fod cymylau yn yr awyr?
Duw sydd wedi bod yn tocio'r angylion.
Pam fod y cymylau'n symud?
Er mwyn i Dduw gael mynd i Ddolgellau.
Pam fod yr awyr yn las?
Inni gael gweld y cymylau.
Pam fod yr haul yn felyn?
Am i Dduw gorddi'r lleuad.
Pam fod pob dynes yn gweu?
Am nad ydyn nhw'n gallu cneifio.
Pam fod y nos yn ddu?
Inni gael cyfle i fod yn Wili.
Pam fod y gwynt yn chwythu?
I gadw ei hun yn gynnes.
Pam mae hi'n bwrw glaw?
Am fod afon Duw yn gollwng.
Pam fod y pistyll yn dod i lawr?
Am ei fod yn unig ar dop craig Maesglasau.
Pam fod Wili a Lewis ac Yncl Gruff yn ddall?
Am eu bod yn gweld yn well yn y tywyllwch.

Chwaraeent yn ddygn: chwarae cuddio yn y beudy, neu
o gylch cutiau'r moch a chutiau'r ieir; chwarae tŷ-bach wrth
wraidd yr hen dderwen wedi dymchwel; chwarae ysgol, a
Mair wrth ei bodd; chwarae bwa-saeth – hyd nes yr âi pren
y saeth i ganol rhyw ddrysni a rhywun yn cael bai.

Prysurent atom i sôn am eu hanturiaethau, neu i
achwyn ar ei gilydd, ac i dorri eu syched â dŵr y
ffynnon oedd wrth gefn y bynglo. Blwyddyn oedd
rhwng Mair a Wyn, fel yr oedd blwyddyn rhyngof i a

Bob. Byddwn innau wrth fy modd yn gwylio'u campau dyddiol, gan ail-fyw ein chwarae ninnau genhedlaeth ynghynt. Mair yn bosio a Wyn yn ufuddhau . . . am ryw hyd. Nes y diflasai'n sydyn ar ei rôl o ildio – yn ddisgybl i'r athrawes, yn glaf i'r nyrs, yn faban i'r fam – a chwalu'r gêm yn gandryll, gweiddi'i brotest, a rhedeg o'no i ganlyn ei dad a'r cŵn. A dagrau'n llond ei llygaid mawr y deuai Mair yn dorcalonnus at gôl ei modryb. Gwyddai'n iawn y câi gysur yno, a bisged *Rich Tea*, a diod o'r te nad oedd Wyn eto'n ddigon hen i'w yfed.

Byddwn innau ar ben fy nigon yng nghwmni'r ddau fach. Llonnwn drwof o deimlo'u cyffyrddiad diymatal ar fy nghroen canol-oed. Meddyliais ganwaith sut beth fyddai bod wedi cael plant fy hun. A diolchaf hyd heddiw na ddangosodd Olwen, eu mam haelfrydig, arlliw o feddiangarwch, gan warafun i mi yr oriau bythgofiadwy a dreuliais gyda'r plant yn prifio.

Dotiai'r ddau at fy mheiriant gwnïo a'i allu rhyfeddol i gynhyrchu cas pensil, neu fag twls, neu dedi, neu ddoli glwt, neu ddillad tedi a doli glwt, dim ond trwy ddod â darnau deunydd at ei gilydd a'u gyrru trwyddo. Rhyw ddyfais ddewinol oedd y *Singer* i'r plant, a'r nodwydd brysur megis ffon hud ariannaidd. Syllent mewn rhyfeddod ar fy newrder innau'n mynd i'r afael ag o. A phan bigais fy mys un tro, ar ôl bod yn fyrbwyll â'r nodwydd, dychryn a wnaeth y plant wrth y wyrth o weld gwaed yn dod o gnawd oedolyn.

Yn wir, roedd y syndod gerbron technoleg ddewinol y

Singer yn f'atgoffa'n aml o'r stori a adroddai fy mam am ddyfodiad y trên stêm i ganolbarth Cymru, pan haerodd un henwr duwiol a welsai'r gerbydres yn diflannu gyda 'sgrech ddychrynllyd' i dwnnel, mai'r Brenin Mawr a barodd i'r ddaear lyncu'r greadigaeth satanaidd.

Syndod tebyg a fynegodd fy hen ewythr, J. J. Tynybraich, yn ei awdl i 'Ager'. Cyfansoddwyd hon ar anterth optimistiaeth ddiwydiannol oes Fictoria, ond rhyw ddewin o beth oedd technoleg ager iddo yntau hefyd; gwrthrych ei edmygedd – a'i fraw:

> Ai llidiog ellyll ydyw, – ddiangodd
> O ingawl ffwrn dystryw?
> Na, dyfrawl ysbryd afryw,
> Enaid dŵr ar ei hynt yw.

> Uthred ei rym! eithr rhaid ei rwymo – cyn
> Y ceir gorchwyl ganddo,
> Rhyddid sy'n ddinystr iddo,
> Achrwym erch yw ei rym o.

> Ager wna bellder byd – yn rhodfanau
> I branciau byr encyd;
> I hwn taith 'chydig enyd
> Yw gwlyb gefn y Glôb i gyd.

> Ryfedd ddewraf wyddoriaeth,
> Pa orchestion êon wnaeth!
> A chryfach yr â hefyd
> Yn ei dawn hynod o hyd.
> Beth wna – beth *na* wna cyn hir!
> Nis coeliwn beth nes gwelir.

Tybed beth a ddywedasai'r hen J. J. o Dynybraich wrth y technolegau a ddaethai fwyfwy'n rhan o rediad y fferm wedi'r Ail Ryfel Byd? Awgryma'i ddiléit a'i ddiddordeb yng ngorchestion yr wyddoniaeth fodern y byddai'r bardd o gwm Maesglasau wedi gwirioni â'r tyrbein dŵr, er enghraifft, a godwyd gan Bob ac Evan i ddod â thrydan i Dynybraich. Yn eu rhoi ar ben y ffordd yr oedd Roland Evans, perchennog garej y Tyrpeg yn Ninas Mawddwy a thrydanydd hunanaddysgedig.

Mewn sièd ar waelod y rhiw bu'r tri wrthi'n gosod ynghyd y cyfarpar a drôi ddŵr yn olau a gwres.

Er mawr ryfeddod inni i gyd, gweithid y tyrbein gan lif y nant. Nid anghofiaf fyth y dydd y'n galwyd i lawr at y sièd i dystio i ddawn yr 'wyddoriaeth' heidroelcctrig. Rhoddwyd y cyfarpar ar waith. Daliodd pawb ei wynt. Ac yn raddol bach ymddangosodd golau melyn yn y bwlb ar ben y wifren. Cynyddodd a chryfhaodd, ac ymhen rhai eiliadau disgleiriai'r bylb yn danbaid.

Cofiaf syllu'n syn, a geiriau'n fy methu. Dyma eni rhyw oes newydd mewn sièd dlawd.

Daeth dyfroedd Maesglasau, felly, â goleuni i'r byd. Rhoes y nant ei hegni inni, ac nid am y tro cyntaf. A hi – a'r tyrbein triw – sy'n dal i drydaneiddio Tynybraich.

Yn sgil y tyrbein daeth dau beiriant a ysgafnhâi'n sylweddol faich gwaith y tŷ, sef stôf drydan a pheiriant golchi. Cyfleus oedd y cyntaf: roedd ei wres yn gyson a glân. Dim llai na rhyddfreiniad oedd yr ail, yn forwyn i'r forwyn ei hun. Cafodd wared ar holl slafwaith syrffedus

118

y golchiad wythnosol; migyrnau cignoeth y rhwbio a'r sgrwbio; pothelli a chyrn troi'r mangl; dwylo geirwon y sebon soda a'r dŵr berwedig. Dim ond rhoi'r dillad yn y peiriant, cadw golwg arno, a mynd ymlaen â gwaith arall. Nid oedd angen bellach neilltuo dydd Llun cyfan i gyflawni'r gwaith diddiolch.

Ar fore Mercher yr awn innau â golchiad y bynglo i fyny at y tŷ, gan edrych ymlaen bob tro at baned yng nghwmni braf Olwen. Hanner awr brin o hamdden i sgwrsio a chwerthin, cyfnewid ryseitiau a phatrymau, trafod y tywydd, neu gynnyrch y sioe, neu hanes y plant yn yr ysgol. Hamdden i gael bod yn chwiorydd.

Tua dechrau'r 1950au, os cofiaf yn iawn, y daeth y teleffôn i gwm Maesglasau, technoleg a alluogodd Lewis a Gruffydd i ffonio'u cartref unwaith yr wythnos. Byddem ninnau yno'n ddi-ffael i'w ateb. Credaf fod caniad y ffôn wedi bod megis cenadwri angel ym mlynyddoedd olaf bywyd fy mam.

Hwyr fu dyfodiad y teledu i Dynybraich; ni chyrhaeddai'r tonnau ddyfnderoedd y cwm, a bu'n rhaid codi derbynnydd i'w ddal ar ochr Cwm yr Eglwys – a'i ailgodi droeon yn sgil pob storm.

Yn wir, cynt y gellid dweud mai Tynybraich a aeth at y teledu. Y flwyddyn 1964 oedd hi pan ddaeth John Roberts Williams atom ar ran rhaglenni *Heddiw* y BBC. Clywsai hanes rhyfeddol 'tri brawd dall' Tynybraich ac roedd arno flys gwneud rhaglen deledu amdanynt.

Dyna a fu. Aeth y camerâu ati i olrhain taith y tri o

gwm Maesglasau, drwy eu haddysg yng Nghaer-
wrangon, hyd at eu bywydau presennol: Gruffydd yn
rheithor Anglicanaidd yn Little Marcle yn swydd
Henffordd; Lewis yn deleffonydd gyda'r Weinyddiaeth
Lafur yn Nottingham; a William yn gopïydd *braille* a
golygydd amlieithog yn y bynglo yn Nhynybraich.

Bu'n rhaid inni fynd yn un criw i gartref cydnabod yn
y Dinas i weld darlledu'r ffilm. Mawr oedd ein cynnwrf
pan ddechreuodd y rhaglen. Golygfa banoramig o
fynydd Tynybraich a'r tŷ yn ei gesail, a theitl y rhaglen
yn stamp gwyn drosto, '*O! Tyn y Gorchudd*'. Cyfeiliant
alaw ar y delyn, a chôr penillion Mawddwy yn canu
cywydd T. Llew Jones i gwm Maesglasau.

Yna daeth llais gŵr o'r enw Aled Rhys William i
draethu mai Tynybraich oedd cartref Telynor Mawddwy
gynt, ac i sôn am Robert Jones, fy nhaid, yn 'troi'r drol am
ei fod yn darllen y Beibl yn lle sbio lle'r oedd yn mynd.'
Llun y nant yn llifo rhwng rhedyn a brwyn, ci defaid yn
rhedeg hyd yr wtra, y gwartheg duon yn pori ac yn codi'u
pen i syllu'n ymholgar i lygad y camera, Wyn yn cribinio
gwair, ceiliog yn canu ar ben y llidiart, a Bob ac Evan yn
dal defaid yn y gorlan i'w gyrru trwy'r dip. A llun Wili a
bwced yn ei law yn cerdded ar lechwedd trwy wair uchel a
blodau menyn, o'r bynglo at ffermdy Tynybraich i mofyn
llaeth enwyn. Ei ben ar ogwydd, fel petai'n synhwyro'n
iawn lygad technoleg yn ei wylio bob cam.

Y llais braf yn dechrau adrodd hanes y tri brawd dall.
Llun o Gruff yn ei goler wen ar lawnt ei reithordy

Sioraidd yn swydd Henffordd. Yntau'n adrodd yn ei Gymraeg ffurfiol hanes ei ordeinio yn Southwark yn Llundain, hanes y tro cyntaf iddo fedyddio plentyn a'i ddal ar gam a'i ben i lawr, hanes fel y rhoes fàth i'w ferch, Elizabeth, yn y tywyllwch unwaith heb i'r fechan ddweud dim. Llun ohono gyda Christine, ei wraig, a chydag Elizabeth, Richard a Hugh. Llun ohono'n cerdded gyda'i ffon wen at hen eglwys Little Marcle oedd yn fil o flynyddoedd oed, sef 'yr un oed yn union â Thynybraich'. Llun ohono'n darllen ei Feibl *braille*, ac yn datgan y testun yn ei Saesneg ysgol-fonedd, a'i fysedd meddal yn rhedeg dros y tudalennau.

Here endeth the first lesson.

Lewis oedd y nesaf, ac yntau wrth ei waith yn deleffonydd yn Nottingham. Eglurodd yntau sut yr oedd ganddo rywfaint o olwg pan oedd yn blentyn, ac mor ddiolchgar ydoedd am gael gweld lliw bwtsias y gog, a'r rhosyn gwyllt yn y clawdd, a'r haul yn yr awyr. Soniodd am ei waith gyda'r Samariaid, a sut y bu o gymorth unwaith i ŵr na fynnai fyw, pan ofynnodd Lewis iddo ba olygfa yr hoffai ei gweld pe cawsai ei olwg yn ôl: wrth ddisgrifio'r olygfa honno fe ddaeth bywyd eto i lais y dyn. I gloi, cafwyd llun Lewis gyda Rachel ei wraig, ac Isobel, Bronwen a Dominic yn blant. A llun ohono yn cerdded at flwch ffôn yn Nottingham . . .

A dyna'r ffôn yn canu yng nghegin Tynybraich.

Llun Wili wrth ei waith yn y bynglo a'r llais yn sôn sut y bydd yn gweithio â thestunau mewn deuddeg iaith, megis *A Hebrew-English Lexicon*. Llun Mam yn gwau sanau yn ei chadair wrth y dresel fawr, a'r platiau *willow pattern* yn rhesi cyfarwydd hyd-ddi. Llun Mam a Wili'n cydweithio ar destun *braille* y nofel *O Law i Law* gan T. Rowland Hughes: Mam yn darllen y gwreiddiol; Wili'n cymharu, ac yna'n copïo. Darllen. Cymharu. Copïo. A'r ddau mor gytûn â phetaent yn canu harmoni dawel.

Datguddiad i ni fu gweld bywyd Gruff a Lewis yn Lloegr: eu gweld yn byw o ddydd i ddydd y tu allan i ffrâm cwm Maesglasau.

Mawr oedd ein siom pan ddiweddodd y ffilm. Roedd megis diwedd breuddwyd. Chwarter awr yn unig y parhaodd y rhaglen, er i'r ffilmio barhau am ddyddiau.

Eisteddodd Wili rhyngof a Mam trwy gydol y darlledu, gan ddal ein llaw ein dwy. Cofiaf edrych yn hir arno wedi diwedd y ffilm. Roedd wedi cyfrannu at gynhyrchiad na allai byth gyfranogi ohono. Ac wedi cael clodfori ei fywyd mewn cyfrwng nad oedd yn ystyrlon i'r bywyd hwnnw.

Profiad chwerw-felys i mi, dros chwarter canrif yn ddiweddarach, oedd derbyn copi o'r rhaglen gan archif ffilm y BBC. Roedd gan Wyn y peiriant cymwys i chwarae'r tâp, a daethom ynghyd ym mharlwr ffermdy Tynybraich i wylio'r ffilm ddu-a-gwyn, 'henffasiwn'. Hiraeth anhraethol, yn gymysg â llawenydd a frifai, oedd cael gweld Mam yn fyw eto ar y sgrin fach, a Gruff yn fyw eto, a Bob yn fyw eto, a Wili yn fyw eto, a'n holl hen fywyd yn fyw eto.

Gwn i mi golli deigryn neu ddau. A dim ond o styfnigrwydd y llwyddais i ddal y gweddill yn ôl, a llawenhau gyda gweddill y teulu.

Ond pan ddychwelais at breifatrwydd fy nghartref, a gwybod bod swn y nant yn boddi fy swn, prin y gallwn gau'r drws cyn torri i wylo. Wylo fel na wneuthum erioed mewn unrhyw brofedigaeth. Ysgwyd wylo. Wylo o hiraeth amdanynt. Wylo drwy'r nos hir ym Maesglasau, nes sigo fy nghorff esgyrnog.

Credaf mai celwydd y ffilm a achosodd y loes mwyaf: y modd yr honnai nad oedd dim yn newid, tra gwelai pawb nad oedd dim yn parhau; y modd yr 'anfarwolai' y gweledig, er mai y fi – yr anweledig yn eu plith – oedd yn dal ar ôl yn y cwm; ac yn fwyaf oll, y modd y gorchuddiodd unwaith ac am byth f'atgofion amryliw i gyda'i ddelweddau deifiol du a gwyn.

Ddechrau'r chwedegau, pan ddarlledwyd y rhaglen am y tro cyntaf, a gwyrth y teledu'n dal i ryfeddu, bu'r ffilm yn destun siarad mawr yn yr ardal, a Gruff, Wili a Lewis wedi dod yn *film stars*. Cytunwn innau â'r farn y dylai Bob, yr hynaf o'r pedwar brawd, fod wedi cael sylw hefyd. Wedi'r cyfan, dallineb ei dri brawd a bennodd ei dynged o, a'i orfodi i aros i ffermio yng nghwm Maesglasau.

Mynd yn feddyg oedd ei freuddwyd. Achubodd ei fywyd ei hun a'i deulu sawl gwaith drwy wybod sut a lle i atal gwaedlif bygythiol. Onid oedd cryn bellter rhwng Tynybraich ac unrhyw ysbyty? Cwympodd unwaith pan aeth i achub dafad ar graig Maesglasau, a thorri gwythïen fawr yn ei arddwrn. Hyrddiodd y gwaed o'i fraich. Yntau ar ei ben ei hun mewn lle anghyfannedd. Ond llwyddodd Bob rywsut i glymu darn o gortyn bêls am dop ei fraich i atal y gwaed rhag llifo. Stryffagliodd at lawr y cwm, ac yna'r holl ffordd yn ôl at Dynybraich, ac fe'i rhuthrwyd, ac yntau'n welw-las, i'r ysbyty.

Ffermwr anfoddog ydoedd. Credaf y byddai fodlonaf yn darllen ac yn damcaniaethu. Llyfrau hanes oedd wrth ei fodd, ynghyd â chofiannau gwleidyddion neu 'gyfranwyr' mawr eraill. Ni chydwelai o gwbl â'm hoffter i o lenyddiaeth.

Daeth Bob yn gynghorydd sir, ac yn ynad heddwch, ac roedd yn Llafurwr digymrodedd. Er mawr anniddigrwydd iddo, coleddai ei wraig genedlaetholdeb Plaid Cymru. Aml i dro yr euthum gydag Olwen yn y car adeg etholiad. Y funud yr aem o olwg Tynybraich, byddai Olwen, a'i chwerthin yn ei llygaid, yn stopio'r car ac yn gosod sticer mawr *Plaid Cymru* ar ei ffenest. Gyrru yn y car cenedlatholgar dros Fwlch yr Oerddrws i Ddolgellau, ei barcio yng ngŵydd pawb ar y Marian, a gyrru'n ôl dros y Bwlch ddiwedd y pnawn yn dal i Bleidio. Ond y funud yr aem heibio i'r Ffridd, a chyn dod i olwg Tynybraich, stopiai Olwen y car a thynnu'r sticer ymaith. Ei blygu'n ofalus a'i roi i gadw yn ei bag-llaw ar gyfer y trip i Ddolgellau'r dydd Gwener canlynol. Ni chymerem arnom ddim wrth gyrraedd y tŷ, dim ond cuddio'n gwên. Ac ni fyddai Bob druan ddim callach o ddeublygrwydd gwleidyddol y *Morris Marina*.

Wn i ddim beth a ddywedasai pe gwyddai am f'eiddigedd wrth Mair – a hithau bellach yn y Brifysgol ym Mangor – am ei bod yn cael byw yng nghanol bwrlwm protestiadau iaith y myfyrwyr a'r bobl ifanc, yn hytrach na byw'n fynachaidd, fel y gwnawn i, ymhell o gyffro pob gweithred.

Yn sgil ei waith yn gadeirydd Undeb Cenedlaethol y Ffermwyr yn sir Feirionnydd cafodd Bob rywfaint o gyfle i weld y byd y tu hwnt i gwm Maesglasau. Mynd i gyfarfodydd yn Llundain, ac yn ddiweddarach i Frwsel hefyd. Roedd y teithio wrth ei fodd, a byddai ganddo stoc o straeon am yr ymweliadau hyn. Un o'i ffefrynnau oedd y stori am y tro yr aethai â chyfaill tra gwledig gydag o i Lundain. Dyna gyrraedd Sgwâr Trafalgar, a'r cyfaill yn rhyfeddu at brysurdeb y ceir a'r bobl yno. Ac yna, a'i gof yn glir am ddiwrnod ffair yn Nolgellau, a diwrnod sioe yn Ninas Mawddwy, aeth at heddwas gerllaw a gofyn iddo am esboniad: '*What's going on here today, then?*'

Unwaith yn unig y bûm innau gyda Bob ac Olwen yn Llundain. Ni allwn ond rhyfeddu at y lle: y drafnidiaeth ddiddiwedd; anferthedd yr adeiladau; y Babel o bobloedd. Ond yr hyn a'm synnodd fwyaf oedd y sŵn. Fe'm byddarodd. Fe'm drysodd. Nid agorais fy nghlustiau nes cyrraedd blaen cwm Maesglasau eto.

Yn fuan wedi darlledu'r ffilm am 'y tri brawd dall', sylwyd ar ryw niwlogi ym meddwl Mam. Roedd hynny i'w ddisgwyl, efallai, mewn gwraig dros ei phedwar ugain oed. Ond parai'r newidiadau anesmwythyd i mi, yn enwedig pan welais hi am y tro cyntaf yn estyn am ei gwau ar y Saboth. Sylwodd Olwen hithau ar hyn.

Dechreuodd fy mam ffwndro. Ymateb yn bigog. Croes-ddweud. Cymryd arni nad oedd yn clywed. Ymgolli yn ei byd ei hun. Hyn gan wraig yr oedd gofal ac addfwynder wedi ei hynodi erioed.

Dirywiodd yn gyflym. Cyn hir daeth yn amlwg i bawb ohonom ei bod yn dioddef o waeledd dieflig yr *Alzheimer*. Penderfynwyd dod â hi o'r bynglo ac i dŷ Tynybraich lle y gellid gofalu'n well amdani.

Hunllef oedd ei chlywed yn galw am gwmni yn oriau mân bob bore, yn argyhoeddedig ei bod yn bryd codi. Wyn, a gysgai yn y llofft nesaf ati, a fyddai'n gorfod codi o'i wely i helpu ei nain i huno eto.

Bu gwaeledd fy mam yn anodd i Wili yn anad neb. Ers marw fy nhad, anghenion 'Wil bach' fu echel byd fy mam. Ymorolodd amdano. Gwnaeth bopeth yn ei gallu i esmwytháu ei fyd. Daeth yntau i ddibynnu arni hithau, fel y dibynna'r gweddill ohonom ar gloc. Ond fe'i gorfodwyd yn awr – ac yntau dros ei hanner cant oed – i fyw hebddi.

Pontiodd Wili'r bwlch eneidiol rhwng y fam iach a'r fam glaf trwy gyffyrddiad corfforol. Bob bore âi Wili ati i orwedd wrth ei hymyl ar y gwely. Fe'i tawelid gan hyn. Yna, pan fyddai'n barod, Wili a'i helpai i godi, i wisgo amdani, i ymolchi, ac i ddod i lawr y staer ac i'r gegin. Bu'r ddefod ddyddiol hon yn gysur gwirioneddol i'r ddau.

Dan gyfarwyddyd dygn Olwen, daeth Wili'n raddol i allu sefyll ar ei draed ei hun. Dysgodd sut i arllwys te i'w gwpan, gan roi ei fys ar yr ymyl i fesur lefel y te. Daeth i'r arfer o fynd â'i swper gydag o mewn basged o Dynybraich, fel y gallai ei baratoi drosto'i hun yn y bynglo. Wedi bwyta ei de bob pnawn, âi i wisgo ei welingtons a'i gôt amdano. Yna, rhoddai ei law yn drefnus dros dop y fasged i sicrhau bod pob elfen o'i swper yno: y blwch *tupperware* ac ynddo dafellau o gig, neu wyau wedi'u berwi'n galed; y tocyn bara menyn mewn papur saim; y gacen frith; y fflasg o de; y botel fach o laeth. Popeth yn ei le. Yna byddai'n barod ar gyfer ei daith araf dros y buarth ac ar y goriwaered tua'i gartref ei hun.

Deuwn innau draw o Faesglasau at fy mam bob prynhawn. Edrychai mor dlws ag erioed, ei llygaid yn glir, a'i gwallt a'i chroen yn glaerwyn.

Ond nid yr un oedd hi. Fe'i trawsnewidiwyd yn llwyr gan yr afiechyd. Nid adwaenai mohonof na Bob. Styfnigai. Monnai. Diflannai o flaen ein llygaid i fyd arall; byd nad oedd gobaith ei thynnu'n ôl ohono. Talp o'r un cnawd â mi, a'r un anadl einioes, a'n hagosrwydd erioed yn ddihareb; roedd Mam yn awr yn ddieithryn. A hithau bob dydd o fewn cyrraedd coflaid, âi ymhellach, ymhellach oddi wrthym â phob cam yn y clefyd.

Ni allaf ond gobeithio na wybu erioed am yr ystumio creulon fu arni yn ei blynyddoedd olaf.

Pedair blynedd y parhaodd yr afiechyd hwn. Gwaethygodd â chysondeb didrugaredd. Yn ei gwely yn Nhynybraich y bu farw fy mam, a hynny ar yr ugeinfed o Ragfyr, 1968. Roeddem wedi ei cholli flynyddoedd ynghynt.

Nid anghofiaf fyth ddisgleirdeb ei hwyneb ar y gobennydd gwyn; llonyddwch ei chorff a lafuriodd yn ddiflino drwy gydol ei bywyd caled. Teimlais bwyth arall yn datod, a'm gafael ar y byd yn llacio.

Cofiaf ddod ar draws ysgrif goffaol i dad fy nhad, a meddwl mor addas oedd y geiriau hyn i ddisgrifio Mam hefyd:

> Y gallu hunan-ddifodol hwn . . . oedd dirgelwch ei nerth a'i fawredd. Bywyd mewnol cuddiedig oedd ei fywyd ef. Yr oedd efe ei hunan yn anymwybodol o'r ffaith oedd yn amlwg i bawb o'i gydnabyddion – fod croen ei wyneb ef yn disgleirio.

Dros dri degawd yn ddiweddarach, mae fy hiraeth am Mam yn dal i gipio fy ngwynt.

Treuliais Nadolig 1968, fel pob Nadolig arall, yn Nhynybraich. Nadolig tywyll ydoedd. Prin y cofiaf ddim amdano, ond gwn mai'r unig seren a ddisgleiriodd arnom oedd ymweliad wyrion Bob â ni ŵyl San Steffan.

Daeth Evan a'i wraig, Mair, atom a'u tri phlentyn hwy, Gareth, Ann ac Eleri. A daeth Kate a'i gŵr hithau, Wyn, o'r Amwythig gyda Geraint y bychan, a'r babi – Alwyn wedyn – oedd 'ar y ffordd'.

Bwriadwn innau ddychwelyd i'm cartref ym Maesglasau wedi cinio dydd Calan, ond fe'm rhwystrwyd rhag mynd am bron i wythnos arall gan stormydd eira a lluwchfeydd hyd y llwybr. Nos Ystwyll y cefais fynd, sef y chweched o Ionawr 1969. Roedd nant Maesglasau wedi rhewi'n gorn.

Brigau'r coed a wisgir â lasieu gwynion a'r bargodydd â chleddyfau llymmion . . . Pob peth yn prysuro i guddio ei ben, tan yr achles a gaffo, rhag y tymhestloedd a'r oerfel fydd i'w gorddiwes hwynt.

Cofiaf gau drws fy nhŷ ar y cwm oer. Addunedais mai eleni yr awn i deithio.

Pwy yng nghanolbarth Cymru'r 1960au a glywodd am 'hen ferch' yn mynd i deithio'r byd? Nid oedd gennyf obaith mynd. Ac nid oedd gennyf mo'r arian chwaith. Dim modd i dalu am na char, na bws, na thrên, na llong, heb sôn am awyren.

Yr hyn oedd gennyf oedd pàs i Ddolgellau mewn *Morris Marina* bob pnawn Gwener. Ac yn Nolgellau yr oedd llyfrgell.

Penderfynais fynd i deithio, felly, mewn amgenach

ffordd. Penderfynais deithio trwy ddarllen a thrwy ddychmygu.

Yn yr wythnos gyntaf bûm yn pori dros atlas y byd wrth olau fy lamp baraffîn. Ond gwyddwn eisoes i ble'r awn. Onid oeddwn wedi breuddwydio ers blynyddoedd am ddinasoedd dihenydd y byd?

Y dydd Gwener canlynol, yn llwythog dan lyfrau lluniau ac ysgrifau taith, dechreuais deithio yng nghegin fy nghartref. Dinasoedd Ewrop fyddai nod fy nhaith gyntaf. Dinasoedd America yr ail.

Cychwynnais ar drên ac ar long i Ffrainc. Tridiau a dreuliais ym Mharis. Teithio ar y *bateau mouche* hyd afon Seine a synnu at odidogrwydd yr adeiladau a'i hemiai. Rhyfeddu at gelfyddyd luosog oriel y Louvre nes blino. Teithio wedyn at ddinasoedd hyfryd gwlad Belg a'r Iseldiroedd: Ghent, Leuven, Antwerpen, Amsterdam. Ymlaen at Ddenmarc i weld castell y brenin, a'r Tivoli yng Nghopenhagen, i Oslo a Stockholm a Helsinki. Yn ôl trwy'r Almaen a mentro i'r ddwy Ferlin, heb orfod hidio'r wal bowld. Ymweld â chadeirlan fawr Köln. Mynd i ganlyn artistiaid lliwgar München. Croesi'r ffin yn ddidrafferth i ranbarthau'r dwyrain a gweld Dresden a Leipzig yn eu mawredd pŵl. Ymlaen yn ddidramgwydd i Brâg a rhodianna dros bont Carlo, a phererindota at gartref Franz Kafka swil. Yn Fienna, cael eistedd yn sedd orau'r tŷ opera; yfed coffi ymhlith ysbrydion hen feirdd a cherddorion; dawnsio i gyfeiliant walts yn neuaddau crisialog *Schönbrunn*; pererindota at gartref Schubert.

Teithiais hyd afon Donaw i Fwdapest . . .

Cofnodais brofiadau, sylwadau, enwau lleoedd a phobl, dyddiadau, cysylltiadau, y cyfan mewn llyfr nodiadau oedd dan fy mhenelin.

Pwy fuasai'n meddwl bod y byd i'w weld o Faesglasau?

Dwy ddinas a oedd yn un dryswch o hanes, o ddiwylliant, o grefydd, o gelfyddyd, a roes fwyaf o wefr i mi. Istanbwl oedd y naill. Rhufain, cartref f'unig gariad erioed, oedd y llall.

Ar drên yr *Orient Express* yr euthum i Istanbwl ac aros mewn gwesty mawr o'r enw *Pera Palas*. Yma bu Atatürk ei hun, a llu o enwogion eraill, yn aros. O ffenest fy llofft gweld yr Horn Aur ac afon Bosphorus. Asia fan draw, ac Ewrop fan hyn. Gweld, yn nhes y bore bach, finarét a chrymdo sawl mósg. Clywed galwad y *muezzin* yn datseinio. Rhyfeddu at anferthedd eglwys Fysantaidd Aghia Sofia ac at harddwch y Mósg Glas. Rhyfeddu at goethder palas Topkapi, hen balas swltaniaid yr Ottoman, a Môr Marmara ar y naill du iddo, a'r Môr Du ar y llall. Busnesa yn *harem* y Swltan a dysgu hynt ei ordderchiadon.

Croesais bontydd y rhesi pysgotwyr, a'm canfod fy hun yn hen deml derfisiaid chwyrlïol y Swffi. Ni welais ddim mwy gosgeiddig yn fy mywyd nag agoriad llydan eu gwisg yn chwimder eu dawns ddefosiynol.

Treuliais wythnos gron yn Rhufain. Gwelais y Colisëwm creulon, y Fforwm eang, a sgwâr hardd Michaelangelo ar ben bryn y Capitol. Teflais geiniog i ffynnon faróc Trevi. Euthum i'r Fatican a'm canfod fy hun yng nghoflaid oer pileri Sgwâr San Pedr. Camu i mewn i'r eglwys a cholli fy hun yn y rhwysg. Rhoi fy llaw ar droed San Pedr. Mynd ar y goriwaered i weld beddau'r pabau. A rhuthro'n ôl i'r wyneb i gael fy ngwynt ataf eto.

Ac yno o ddydd i ddydd, chwilio a chwilio a chwilio am wyneb un cyfarwydd. Gweld dim ond tebygrwydd mewn cerfluniau, mewn portreadau, yn nŵr y ffynhonnau, yn chwerthin y llanciau ar y stryd.

Wn i ddim am ba hyd y bûm yn teithio. Ai dyddiau, ai wythnosau, ai misoedd, wn i ddim. Bu'n gyfnod o ymgolli melys, anghyfrifol, a minnau fel petawn yn laslances am y tro cyntaf. Bûm ymaith cyhyd nes anghofio fy nghartref . . .

Pan ddychwelais, hawdd oedd gweld i mi fod i ffwrdd yn rhy hir.

Dymchwelwyd hen dŷ Tynybraich ac yntau'n tynnu at ei bedwar canfed pen-blwydd. Deuai gwynt i mewn trwy'r bylchau yn y ffenestri. Adfeiliai'r waliau'n raddol. Hydreiddid yr hen neuadd â lleithder ac oerni. Gwaith rhy ddrud ar dŷ mor hen fyddai'r atgyweirio. Nid oedd yr arian ar gael.

Felly, pan ddychwelais innau o'm teithio, a chofio fy mod yng nghwm Maesglasau, nid oedd ond cerrig a mortar ar fuarth y fferm.

Codwyd Tynybraich newydd ar safle'r hen, yn gartref diddos i Wyn a'i wraig, Olwen. Codwyd tŷ llai ar gyfer Bob a'i Olwen yntau, a hwythau bellach yn nain a thaid i blant Wyn, sef Aled a Catrin, a phlant Mair, ac Emyr ei gŵr, sef Irfon, Iolo ac Angharad.

Aeth y blynyddoedd heibio. Lled-ymddcolodd Bob o waith y fferm a daeth Wyn yn benteulu Tynybraich. Daeth llythyr gan Gruff yn datgan ei fod yntau bellach yn daid i Lynne, merch ei ferch, a aned yn 1977.

Ddwy flynedd yn ddiweddarach, clywsom i Lynne gael brawd bach o'r enw Mark. Roedd Mark yn faban cryf ac iach. Ond roedd Mark, fel ei daid, ac fel brodyr ei daid, yn ddall o'r funud y'i ganed.

Tair oed oedd Mark pan fu farw ei daid. Mae'n resyn na chawsai'r ddau y cyfle i ddod i adnabod ei gilydd; i rannu'u byd; i rannu'r un tywyllwch. Claddwyd Gruff ym mynwent eglwys Little Marcle. Nid euthum i'w angladd. Ni fynnwn adael y cwm mwyach. Roedd y pwythau a'm daliai yno'n datod yn rhy gyflym.

Flwyddyn wedyn, ym mis Gorffennaf 1983, bu farw Bob o gancr yr ysgyfaint. Roedd ei wallt yn dal yn ddu, a dim ond ambell rimyn arian yn disgleirio ynddo. Gorlawn oedd capel Ebenezer, Dinas Mawddwy, ar ddydd ei gladdedigaeth. Angerddol oedd y canu.

Collodd Olwen ei gŵr, a chollodd Evan, Kate, Mair a

133

Wyn eu tad. Collodd y plant eu taid. Collais innau frawd – a chyfaill pennaf ers bron i bedwar ugain o flynyddoedd.

Collais frawd arall, William, yn 1990. Bu'r blynyddoedd olaf yn anodd iddo. Collodd yntau ei glyw fel y pylodd clyw ei frodyr eraill: tro cas ar derfyn eu bywyd dall. Ni allai gynnal sgwrs mwyach. Ni allai wrando ar y radio. Torrwyd ei holl gysylltiadau â'r byd a'i bobl, ac fe'i câi'n anodd cerdded oherwydd poen yn ei goes. O'i bum synnwyr, dim ond dau oedd yn weddill iddo. Cyffwrdd a blasu. Deuai deigryn yn aml o'i lygaid pan anwesai ddwylo'r plant. A mwynhâi flas ei brydau bwyd y daliai i'w cael fel cloc; blas swper ei annibyniacth: y tafellau o gig, y bara menyn, y gacen frith, a'r te a arllwysai yn awr mor ddeheuig i'w gwpan ei hun.

Siaradwn ar y ffôn â Lewis yn rheolaidd: trafod llyfrau a barddoniaeth, gan amlaf. Hel atgofion ryw ychydig, a chwerthin. Ond fy nghwmni mwyaf yn negawd olaf yr ugeinfed ganrif oedd cwmni Olwen, fy chwaer-yng-nghyfraith.

Nid oeddem yn debyg o ran cymeriad. Un hawddgar oedd Olwen; un wastad ei thymer; un hawdd i faddau. Roeddwn innau, fel aelodau eraill teulu Tynybraich, yn benstiff a phenderfynol; yn fwy oriog hefyd, ac yn dueddol i ddwysfyfyrio.

Eto, bu Olwen a minnau'n ffrindiau o'r funud y daethai i Dynybraich hanner canrif ynghynt. Un hawdd sgwrsio a chwerthin â hi ydoedd, ac nid oedd neb parotach ei chymwynas nag Olwen a'i char bach glas. Oni fyddai'n mynd â 'phryd-ar-glud' i rai o 'hen bobl' yr ardal, a'r rheiny ddegawdau'n iau na hi?

Roedd gan Olwen ddawn gynhenid i gydymdeimlo â phawb. O hyn, mi gredaf, ac o'r elfen annibynnol gref oedd ynddi, y deilliai ei hurddas diymhongar.

Bu farw ym mlwyddyn olaf yr ugeinfed ganrif. Gwelaf cisiau ei chwmni bob dydd ers hynny. Pan fyddaf yn rhygnu cerdded ar fy nhro dyddiol o'm cartref ym Maesglasau at Wyn ac Olwen yn Nhynybraich, byddaf yn ysu am weld twf meillionen wen yn y cae, fel y caf fynd i ganlyn ôl troed fy ffrind.

Ac fe afaelwn yn ei llaw a'i thynnu'n ôl ataf i'r byd hwn: i chwerthin ac i sgwrsio, ac i fyw eto i'r eithaf ein bywyd ar y cyd yng nghwm Maesglasau.

Byw ar oleddf.

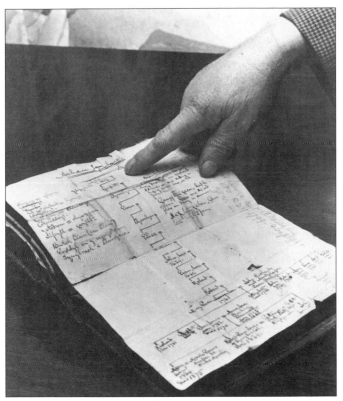

Parhad.

6

Ac er bod y ddaear yr amser hynny yn hesp ac
anffrwythlon, heb ddwyn ffrwythau a blodau, megis
yn amser haf: etto gellir sugno llawer o bereidd-dra a
meluster myfyrdodawl o honi, a bâr ir galon ffrwytho
o fawl i'r Creawdr.

Mae pilen o niwl yn gorchuddio'r cwm. Ni welaf ddim
pellach na'r niwl. Drwy'r bwlch yn y cloddiau cyll uwch
y nant ni welaf ddim pellach na'r niwl. Rhy wan yw
goleuni'r canhwyllau brwyn. Ni welaf ddim pellach na'r
niwl . . .

Af ar fy nhro dyddiol o'm cartref ym Maesglasau at
Lidiart y Dŵr ac yn ôl. Arfer y cyhyrau ac anadlu'n
ddwfn i gadw'r meddwl a'r corff yn iach: felly yr
argymhellai addysg ysgol-fonedd fy mrodyr.

Adwaenaf y ffordd yn well hyd yn oed na'r ffordd at
fy ngwely. Nid oes angen ymbalfalu. Cerddais hyd-ddi'n
feunyddiol am gwta ganrif. Tybiaf weithiau, yn wir, mai
fy nghamau i yw'r ffordd ei hun, megis mai llif y dŵr
yw'r nant. Gallaswn ei dilyn – gydag ambell lithriad –
petawn innau hefyd yn ddall.

Dall ydwyf heddiw yn y niwl llwyd nad yw'n mennu
arnaf. Dim ond y fi sydd fel petai'n bodoli. Arlliw yn

unig o bresenoldeb y coed sydd o'm deutu. Maent megis ysbrydion yn siffrwd yn ddi-sŵn, a gwn yn iawn eu bod yno.

Gwn hefyd fod eraill yno, yn y niwl, a'u llusernau anweledig yn mynd yn un rheng rhagof. Ni synnaf, felly, pan ddaw llusernau i'm cyfwrdd trwy'r niwl, a thanbeidrwydd eu golau disymwth yn peri i mi orfod cau f'amrannau bob hyn a hyn.

Oherwydd eu gwynder, mae'n siŵr, y mae'r defaid yn gloywi'n y cae trwy'r niwl, a blodau mân y cnau daear megis siandelîr yn y sietin.

Tybiais erioed mai oer oedd niwl, ond mae'n gynnes amdanaf heddiw. Treiddia at fy esgyrn brau a'm cynhesu trwof. Tynnaf fy siôl wlân oddi amdanaf wrth ddychwelyd i'm cartref ym Maesglasau Bach, i yfed te, ac i roi proc i'r tân.

Rhaid fy mod wedi synfyfyrio yn sŵn tipian y cloc. Hwyrach i mi bendwmpian: mae'n ddigon diddos yma rhwng muriau trwchus yr hen dŷ. Mae'r tân wedi hen lonyddu a'r te wedi oeri, a chylch golau ar ei wyneb. Mae'r menyn yn y ddysgl ar y pentan wedi toddi'n llyn, a'r gannwyll bron â darfod.

Mae fy meddyliau ar ddisberod braidd heddiw. Rhaid hel fy hun at ei gilydd cyn ei chychwyn am de dydd Sul i Dynybraich.

Af am dro at y murddun mawr a throi fy ngolygon tua chraig Maesglasau. Gwelaf y niwl yn rholio'n araf oddi ar gopaon y mynydd, fel petai rhyw ddawnswraig yn araf godi cwr ei phais. Rhyw hanner niwl, hanner aer yw'r mynydd ei hun, a'i ymylon yn annelwig.

Clywaf leisiau'n dod o ganol y niwl. Sôn y maent sut y mae hi yno. Mae i bob llais ei weld ei hun, ond heb ei wyneb.

Gwn fod y niwl ar fynd. Mae gwres a golau'r haul i'w ddirnad ar fy nghroen. Ac ni fydd yn hir cyn y gwelaf sgwaryn o laswellt yn ymoleuo'n llachar ar y ffridd, yn atgof yn nydd llwyd y niwl fod y fath beth yn bod â lliw.

Peth ingol yw parhad. Croesbren mawr ein bod ydyw, a'r prennau'n tynnu ar draws ac ar hyd. Gorweddwn ninnau yng nghanol y croestynnu, fel petaem ar drugaredd rhyw arteithiwr.

Ysu parhad yw greddf sylfaenol pob creadur, yn ôl Darwin. Ond sicrwydd nad oes parhad yw ffaith sylfaenol ein bod: fe'n genir i farw. Treuliwn ein byw – a'n dyfeisgarwch diarhebol – yn canfod ffyrdd i leddfu ing y croestynnu. Trosgynoli: rhoi ein parhad yn llaw duw a'r bywyd tragwyddol. Dadleoli: newid goddrych yn wrthrych, a byw i gynnal parhad allanolion megis tir, diwylliant, iaith, neu gyd-greaduriaid. Trosgyfeirio: creu epil, yn dalp o'n hanfarwoldeb mewn plant, camp neu gelfyddyd.

Synniad cnawd (medd yr Apostol) marwolaeth yw; a synniad yr Ysbryd, bywyd a thangnefedd yw.

140

Cefais innau fywyd hir. Rhychwantodd yr ugein ganrif, bron. Cefais fywyd cyforiog o brofiad. Teiml.... ddwrn profedigaeth a chledr llawenydd. Treuliais oriau mewn tywyllwch. Daeth goleuni eto. Dysgais mai pris cael yw colli.

Mae'r rhan fwyaf o'm cyfoedion wedi mynd bellach. Gwn y dylwn innau dderbyn marwolaeth. Ond ni fynnaf fynd oddi yma. Rwyf yn dal i ysu byw. Gyda holl nerth fy hen gorff bregus glynaf fel gelen wrth y byd. Pan ddihunaf y bore, gwefr yw curiad anghyson fy nghalon i mi. Mae gweithgaredd fy synhwyrau gwan yn fy mywioli: arogl pridd llaith yr hydref, nosweithiau serog, aeddfedrwydd y mwyar duon, aeron cochion y ddraenen wen, eirin perthi ar gangau pigog, ac egroes y rhosyn gwyllt.

Mae'r dyddiau'n byrhau a'r ing yn cynyddu. Ond ni fynnaf i Dduw ei leddfu. Mynnaf gario'r crocsbren fy hun. Dim ond felly yr ymdawelaf.

Ni fynnaf gael fy rhoi i orwedd ar oleddf ym mynwent y Dinas gyda gweddill y teulu. Gofynnais yn hytrach am gael gwasgaru fy llwch dros gwm Maesglasau. Y cwm, yn ei niwloedd a'i ffynhonnau, y diolchaf iddo am gael byw.

> Tir tlawd, tir tawel ydyw,
> Tir mynyddig unig yw.
> Ond daw'r haf eto i wau
> Gwisg lwys am gwm Maesglasau;
> Yntau amser a erys
> Yn y fro heb arno frys.

141

Ceisiais innau weld fy mharhad ym mharhad y cwm. Yn llif y nant; yng ngoleddf y mynydd; yn y blagur a'r blodau; yn nyfodiad gwenoliaid i'r murddun ym mis Mai; yng nghylch y tymhorau ac yng ngweithgaredd tymhorol y fferm; yng ngeni'r ŵyn; yng nghneifio'r defaid; yn lladd y gwair a'i fedi; yn nhorri'r rhedyn ar lethrau Foel Dinas a'r Foel Bendin.

Ceisiais weld fy mharhad yn llonyddwch digyfnewid cwm Maesglasau.

Ceisiais weld fy mharhad hefyd ym mherthynas hirhoedlog fy nheulu â'r cwm. Bu fy hynafiaid yma yn ffermio ers canrifoedd lawer – ers bron i fil o flynyddoedd, yn ôl cofnod hen Feibl y teulu. Yn 1012, medd ysgrifen bŵl yr inc brown, y daeth rhyw Gethin i amaethu yn Nhynybraich a Maesglasau, a rhyw Gruffydd yn fab iddo yntau, a Llywelyn i ganlyn hwnnw, ac yn y blaen ac yn y blaen, yn geinciau o dadau ac o deidiau. Bu'r gwŷr hyn – a'u gwragedd, fe debygwn – yn dystion i holl ddiwygiadau a dadenïau a dirwasgiadau'r milflwyddiant diwethaf: gwrthryfel Glyndŵr, uno Cymru wrth Loegr, dymchwel mynachlogydd, cyfieithu Gair Duw i'r iaith Gymraeg, taenu'r Gair mewn llyfrau print, mynydd tân o bregethau ac areithiau ac emynau, heb sôn am ryfeloedd byd, a holl chwyldroadau amaethyddol a diwydiannol a thechnolegol yr oes hon o iâ . . .

Bûm innau, drwy ddegawdau fy mod, yn dyst i drawsnewidiadau rhyfeddol. Yn lle'r car-llusg daeth beic modur. Yn lle'r ceffyl gwedd daeth tractor. Yn lle merlen a throl daeth car. Yn lle cannwyll frwyn daeth cannwyll wêr, ac yna lusern baraffîn, ac yna olau trydan. Yn lle corff daeth peiriant. Yn lle llaw daeth teclyn. Yn lle llythyr daeth ffôn, ac yn lle'r ffôn, yn ôl a glywais, daeth negeseuon ar sgrin. Yn lle papur newydd daeth radio a theledu. Yn lle llyfr daeth ffilm. Yn lle Saboth daeth Sul.

Diorseddwyd Duw yn yr entrychion. Yn 1922 hedfanodd yr awyren gyntaf drwy gwm Maesglasau. Erbyn heddiw mae'r Llu Awyr Brenhinol yn ymarfer tactegau rhyfel yng ngofod y cwm, a'u peiriannau lladd yn rocedu heibio eiliadau o flaen eu rhu, yn ystumio heibio Pen yr Allt Isaf a Phen Foel y Ffridd i gyfeiriad Llanymawddwy.

Llenwir y nef hefyd gan rymoedd anweledig: tonnau electromagnetig ein Gabrielau newydd.

Gwelwyd y cyfan gan gwm Maesglasau, a pharhaodd. Parhau mae'r llonyddwch. Parhau mae fy nheulu yma: mae fy nai, a'm gor-nai, yn ffermio saith can erw o'r cwm heddiw, chwe chan erw ohono'n dir mynyddig. Parhau mae cymdeithas y pentref, a diwylliant y fro. Parhau yn unigrwydd blaen y cwm yr wyf innau: mewn hen, hen dŷ, heb drydan, a heb ddŵr ond dŵr y nant. A heb angen mwy ond gwybod bod parhad wedi'i ysgrifio yn y tir.

Felly y bu. Felly y mae. Felly y bydd.

Twyllo fy hun yr wyf, wrth gwrs. Ni welaf yr erydu sydd heddiw ar y cwm, ond y mae yno. Rydym oll yn

ddall gerbron llygredd anweledig diwydiannaeth fyd-
eang, heintiau anweledig ein ffermio newydd, grymoedd
anweledig economi a gwladwriaeth. Daeth llygredd
Tsiernobyl i fwrw ar y borfa, haint *BSE* i fygwth y
gwartheg duon cynhenid, braw clwyf y traed a'r genau i
fygwth difa'r preiddiau cynefin.

Gweithio i golled mae ffermwr y mynydd heddiw.
Nid oes bri ar ffermio mynydd yng nghoridorau grym y
gweinyddiaethau amaeth yng Nghaerdydd, yn Llundain
ac ym Mrwsel. Blaenoriaethir mentrau amgen.
Gofynnol, bellach, yw 'arallgyfeirio'. Troi etifeddiaeth
mil o flynyddoedd yn *theme park*. Troi ffordd o fyw yn
ffordd o gyflwyno. Troi traddodiad yn anrheg mewn
siop. Troi aelwyd yn westy. Troi teulu yn rheolwyr. Troi
arfer yn gofnod. Troi bywyd yn hanes.

Bydd buarthau'r ffermydd yn wag, wedi i'r bysys a'r
ceir fynd ymaith. A'r ucheldiroedd yn amddifad o
ddiadell a dyn.

Ar adegau fel hyn gall parhad fod yn fwrn ar
gydwybod.

Ymhen un mlynedd ar ddeg, chwedl cofnod y Beibl,
gallwn ddweud bod milflwyddiant o ffermio wedi bod
yng nghwm Maesglasau. Hyderaf na fyddaf i yma.
Gobeithiaf y bydd y fferm.

Newid, meddent i mi, y mae cymdeithas y pentref
hefyd. Y rhai ifanc yn gadael i gael gwaith, a'r hen yn
marw. Dieithriaid o ganolbarth Lloegr yn prynu tai am
grocbris o fargen, ac yn gwirioni ar y golygfeydd. Ond

yn gwrthod cymathu. Yn methu â deall. Yn *mynnu* cael
deall. A dyna iaith y fro'n troi'n iaith 'dwyieithrwydd'.

Felly, uniaith Saesneg fydd eisteddfod y Groglith yn y
man, a chyfarfodydd y gymdeithas lenyddol, Sefydliad y
Merched, y clwb garddio, y clwb gweu, y cwmni drama,
sioe amaethyddol mis Awst, y Gymanfa a'r cyfarfod
ysgolion, gwasanaeth diolchgarwch y plant, gwasanaeth
y Nadolig, gwasanaeth y plygain yn eglwys
Llanymawddwy. Bydd y Gymraeg yn anhyglyw ar
fuarth yr ysgol, ar gorneli stryd, yn y cartrefi . . .

Gwelaf yn awr nad yw parhad yn ddigyfnewid.
Hawdd yw ymyrryd ag o.

Ceisiais er hynny weld fy mharhad ym mharhad y
teulu. Ond sicrwydd simsan yw hynny yn yr oes hon o
armagedon. A pha hawl sydd gennyf ar barhad y teulu
hwn? Ni chyfrennais ato. Ni phriodais ac ni chefais
blant. Cerais un dyn fel y caraswn ŵr, a'i golli. Ac yn
f'unigrwydd, trois i fyfyrio, a dechrau ysgrifennu.

Hwyrach mai chwant epilio oedd hynny. Egni'n
goferu. Amser yn mynd.

Minnau a dybiais ddledus arnaf weithio tra mae hi yn
ddydd; y mae'r nos yn dyfod, pan na ddichon neb
weithio.

Hwyrach mai galwad fy nheulu arnaf ydoedd, yn mynnu
parhad yr awen a grëwyd yng nghrud y cwm hwn. Yr un
awen ag a wnaeth Hugh Jones yn emynydd ac yn
gyfieithydd; Evan Jones fy hen, hen daid yn gerddor ac

yn emynydd; fy nhaid, Robert Jones, yn englynwr ac yn
gerddor; ei frawd, J. J. Tynybraich, yn fardd; a mab
hwnnw, J. Baldwyn Jones, yn fardd ac yn storïwr.

A minnau, fel Rebecca llyfr Genesis, yn teimlo
croestynnu yn fy nghroth: ai cofleidio traddodiad y tadau,
ai digio wrtho? Yn eistedd ym murddun Maesglasau
Bach yn fy mhoenydio fy hun â phìn ac â phapur.

'Creu'

> Ai dial oedd hollti'r mynydd yn ddau?
> Ai gwawd oedd llenwi'r ceunant â llif?
> Ai trais oedd y cleisio â choed ar y glyn?
> Ai twyll oedd dy ddod i gyfannu rhyw ddydd –
> Sibrwd iaith loyw ar wely aflonydd?
> Ni phlannwyd yma ddim gan unrhyw ddyn
> Ond had rhyw ddisgwyl, ganrif wrth ganrif,
> Ffrwyth dy lafurio yng nghwm glas Maesglasau.

Ysgrifennu hunangofiant. Mae'n gofyn hunan. Mae'n
gofyn cofio.

Mae'r cofio'n hawdd. Onid dyna hoff weithgaredd
henoed? A pha ryfedd? Mae rhan fwyaf ein meddyliau
gyda'r hyn a fu, a'r gweddill gyda'r hyn sydd eto i ddod.

Byddaf yn meddwl weithiau fod cofio byw yn rhoi
mwy o foddhad na byw ei hun. Gellir dethol, dileu,
dwysáu, darlunio a dehongli atgofion, ond direolaeth a
di-ddweud yw bywyd ei hun. Gellir galw i gof hwn a'r
llall, yn ôl y dymuniad; a bwrw'r lleill i ebargofiant.

Gellir dewis pryd i chwerthin a phryd i grio; pryd i wylltio a phryd i ildio. Hyn yw braint bywyd y cof.

Nid mor hawdd yw cofio'r hunan. Pa hunan sydd i'w gofio? Nis ystyriais fawr erioed. Nid ymyrrodd â mi nac â'm bywyd, ond pan ddoluriodd unwaith neu ddwy. Ei amlinelliad yw hunanau eraill sy'n ymylu arno: teulu a chydnabod; celfyddyd; cymeriad y cwm.

Gwniadwraig a fûm drwy gydol f'oes. Creais yma gwilt clytwaith o atgofion i'm cadw'n gynnes drwy'r gaeaf olaf. A hwyrach mai yng ngwnïo'r ymylon ac yng nghreu'r patrymau y mae ôl fy hunan yn y gwaith hwn. Mae'r deunyddiau yma o'm blaen: darnau o ddillad câr a chyfeillion; brethyn brith y byd; sidan symudliw cwm Maesglasau; melfed tawelwch . . .

Cyfanwaith cyferbyniol ydyw.

Ond na, rwyf yn cyfeiliorni. Nid gwniadwraig mohonof yn yr achos hwn. Cwilt papur sydd yma. Geiriau ysgrifenedig yw'r patrymau arno. Brawddeg hir hanes y teulu yw'r edau a red trwyddo. Cymalau'r cenedlaethau yw'r ymylon sydd arno. Treigladau bywyd yw'r brodio drosto: y treiglad a'm gyrrodd innau i chwilio tawelwch yng nghwm Maesglasau, ac a gadwodd Bob, fy mrawd, yn ffermwr anfoddog ynddo. A'r camdreiglad genetig rhyfeddol a alltudiodd Gruff, Wili a Lewis ohono, a pheri i un fynd yn offeiriad Anglicanaidd yng nghanolbarth Lloegr, y llall yn ieithmon dawnus a deuddeg iaith yn ei feddiant, a'r olaf yn beintiwr a enillodd glod trwy Ewrop.

Gwaith anorffenedig ydyw. Felly y pery hyd nes y derfydd y teulu, a hyd nes y derfydd y cwm.

Ond mae fy ngwaith i arno bron â gorffen. Nid erys ond rhoi leinin i guddio'r pwythau a'r gwniadau ar y cefn. Gwneud y cwilt yn esmwyth ar y croen erbyn y gorweddaf dano, megis dan amdo.

Dim ond un deunydd a wna'r tro ar gyfer y leinin hwn. Mae'n ddeunydd arbennig. Nis clywir. Nis gwelir. Nis cyffyrddir. Nis blasir. Nis arogleuir.

Credaf fy mod ar fin dod o hyd iddo. Onid ddoe y llifodd heibio i mi, a diflannu ar yr ystum dan y cae mawr?

Yn annisgwyl, glaw a ddaeth yn sgil y niwl. Pistyllodd i lawr. Trochwyd y tir. Cynyddodd y nant rym a lled ei llif.

Glawiodd a glawiodd, a'r hen fynaich a'u ffyn yn bwrw unwaith eto ar gwm Maesglasau.

Gwlaw sy'n tarddu oddiwrth leithder neu wlybaniaeth y tir a'r môr; ac a dderchefir i fynu ir awyr, gan wrês yr haul, lle y mae'n ymgymmysgu ac yn troi'n gwmwl; ac yn ôl hynny wrth ewyllys y goruchaf, a ymollwng i fwrw i lawr drachefn, yn gawodydd diferllyd o wlaw ar y ddaear.

Cerddaf innau trwy'r llif gam wrth gam sicr tua Llidiart y Dŵr. Llawenhaf wrth ddynesu at fy nheulu yn Nhynybraich. A'r glaw yn powlio i lawr fy ngruddiau, fel petai'r nant ei hun yn llifo drosof, yn fedydd o fywyd.

Bu farw Rebecca Jones yn 1916. Roedd yn un ar ddeg oed. Teyrnged i'r bywyd y gallai fod wedi ei gael yw'r gyfrol hon.

Murddun Maesglasau Mawr.